Wiebke Hilgers-Weber

Magic Love

Liebes-Chaos auf Sizilien

Roman

BoD – Books on Demand, Norderstedt

Bibliografische Informationen der Deutschen Nationalbibliothek.
Die Deutsche Nationalbibliothek verzeichnet diese Publikation in der
Deutschen Nationalbibliografie, detaillierte bibliografische Daten sind im
Internet über http://dnb.dnb.de abrufbar.

© 2019 Wiebke Hilgers-Weber
Herstellung und Verlag
BoD – Books on Demand, Norderstedt

ISBN: 9 783749 434992

1.

Endlich konnte ich Matteo eine gute Nachricht überbringen: »Deine Schafe werden bald gesund sein.«

Ich holte tief Luft, denn es gab auch eine schlechte Info: »Jedenfalls fast alle Tiere. Einige aber...«, ich schluckte, «...werden leider nicht... überleben...«

Sorgenvoll und wortlos sah er mich an. Schließlich nickte er: »Grazie, Anna«, murmelte er.

Meine Worte musste ich mir nicht lange überlegen. Sie kamen von selbst über meine Lippen. Wie in Trance. So war das immer, auch jetzt, als ich Matteo mithilfe meiner Schicksalskarten die Zukunft voraussagte: »Glaub mir, alles wird gut. Noch zwei, drei Monate, dann ist deine schlimme Zeit vorbei. Endgültig.«

»Bist du sicher?«, fragte er. »Jetzt sind schon so viele Schafe krank oder sogar schon tot! Wie sollen meine Schafe so schnell gesund werden?«

Das wusste ich nicht. Es war mir ein Rätsel. Trotzdem war ich von meiner Weissagung überzeugt: »Wenn du noch ein wenig Geduld hast, wird deine Herde wieder so groß sein wie vorher. Warte, bald hast du es geschafft.«

Seine gerunzelte Stirn verriet mir, dass er meiner Vorhersage keinen großen Glauben schenkte. Trotzdem bedankte er sich höflich und wollte sich gerade von mir verabschieden, als ich ihn zurückhielt: »Sieh«, forderte ich ihn auf und zeigte auf meine Séancekarten, die breit gefächert vor uns auf dem Tisch lagen und deren Bilder Matteos Schicksal widerspiegelten:

Der Glückskelch als Zeichen für die große Liebe, Dukaten verhießen finanziellen Reichtum, ein langer, geschlängelter Weg zeigte die Lebenslinie in eine wunderbare Zukunft, dazu waren noch zwei Frauen zu sehen, die ihn liebten, und Freunde, die mit ihm feierten.

Doch ich sah genauso seine negativen Karten, die Teil seines künftigen Lebens sein würden: Krankheit, Tod, Streit, Kampf.

Ich verschwieg sie, um Matteo nicht weiter zu verunsichern.

»Si«, sagte er schließlich, »wenn du sagst, es wird gut, dann wird es gut«, stand auf, umarmte mich und ging davon, raus aus dem Haus, hin zu seinem Auto, stieg dort ein und fuhr los.

Ich sah ihm nach. Natürlich machte ich mir große Sorgen um meinen besten Freund. In den letzten Wochen waren mehr als ein Dutzend seiner Tiere plötzlich erkrankt, einige gestorben. Der Grund war unbekannt. Weder gab es bei uns Wölfe in der Gegend, die die Schafe hätten reißen können, noch war uns ein Virus bekannt. Zudem praktizierte ein Tierarzt nur in Palermo, gut 120 Kilometer von uns entfernt. Ihn anzurufen und ihm die Symptome zu schildern, hatte kaum Sinn, weil Matteo zu wenige medizinische Kenntnisse hatte, um sich präzise auszudrücken. Missverständnisse waren vorhersehbar. Was blieb ihm also Anderes übrig als zu warten und zu hoffen, dass ich mit meiner spirituellen Weissagung Recht behalten würde?

Mir lag Matteos Wohl sehr am Herzen. Deshalb hatte ich ihn, nachdem er mir von dem Tod seiner Tiere erzählt hatte, zu mir zu einer Séance gebeten und er war gekommen, da er meinen Weissagungen glaubte.

Dass ich die Fähigkeit besaß, mithilfe meiner besonderen Glückskarten in die Zukunft sehen zu können, wussten viele im Dorf und kamen zu mir, wenn sie Probleme hatten. Oft waren es Eifersüchteleien zwischen den Eheleuten, häufig Schwierigkeiten mit den Kindern oder finanzielle Engpässe.

Die Séancen liefen fast immer gleich ab: Erst tranken wir im Wohnzimmer oder in der Küche ein Gläschen Vino zusammen und aßen ein paar Kekse, danach gingen wir in mein Büro, wo ich in einer Ecke meinen Séancetisch mit zwei Stühlen stehen hatte.

Die Schicksalskarten holte ich gemeinsam mit einem großen silbernen Kerzenleuchter und meinen schönen roten Kerzen, einem weißen Spitzentischtuch und einem neuen Paar Handschuhe aus der großen antiken Vitrine neben dem Tisch und baute alles dekorativ auf. Meine Handschuhe zog ich jedes Mal an, bevor ich loslegte, danach begann die Zeremonie.

Geld nahm ich für meine Dienste nicht. Meine Großmutter, die mir ihre Séancekarten vor über zwanzig Jahren geschenkt hatte, hatte mich gewarnt: »Anna«, hatte sie gesagt, »du hast deine übersinnliche Fähigkeit von mir geerbt. Achte gut auf sie und nutze sie nur, um Gutes zu tun. Nimm niemals auch nur einen einzigen Pfennig für deine Arbeit, sonst verlierst du deine Spiritualität.« Ich hatte zugestimmt und das wertvolle Geschenk entgegengenommen.

Zeit meines Lebens hatte ich mich an mein Versprechen gehalten. Später dann, als Erwachsene, begann ich zunächst das Schicksal für mich selbst zu erfragen und bekam immer Antworten, die mir weiterhalfen, und je länger ich mich mit meinen Séancekarten und meinem Zukunftsritual beschäftigte, umso präziser wurden meine Aussagen und Ratschläge.

Kaum hatte mich Matteo nach der heutigen Séance verlassen, machte ich es mir in meiner Cucina mit einem heißen Tee gemütlich und rief nach Bianco, meinem wunderbaren weißen Labrador. Ich gab ihm ein paar Leckerlis und frisches Wasser, trank in aller Ruhe meinen

Tee aus, zog mich dann warm an und ging mit Bianco über die holprigen Wege der weiten Berge Siziliens spazieren.

Kalt war es, sehr kalt. Kein Wunder, Anfang Dezember gab es auch bei uns Minusgrade, und wenn wir Pech hatten, schneite es nicht nur auf dem Ätna, sondern sogar in den Tälern und an der Küste. Meine Hände wurden steif, ich spürte den Wind im Gesicht, außer dem heulenden Geräusch war es mucksmäuschenstill. Alle waren jetzt zu Hause, saßen vor dem Kamin, kümmerten sich um ihre Familien – und natürlich ums Essen, ihrer Lieblingsbeschäftigung.

Und ich? Ich ging ausgerechnet am Nikolaustag mit Bianco die Wiesen und Felder entlang, dachte über mein Leben nach und fühlte mich irgendwie einsam. Dieses Gefühl »überfiel« mich selten. Vielleicht, weil ich immer viel zu tun hatte und generell keine negativen Gedanken zuließ.

Fast eineinhalb Stunden spazierten Bianco und ich so übers Land. Als wir wieder nach Hause kamen, waren wir total erschöpft. Bianco bekam frisches Wasser und ich machte mir Tee und aß von dem frischen Obst, das ich mir vom Wochenmarkt in der nächstgelegenen größeren Stadt besorgt hatte. Ich setzte mich vor das gemütliche Feuer im Kamin im Wohnzimmer.

Gern war ich zu Hause, sehr, sehr gern. Zwar war es für sizilianische Verhältnisse nur ein kleines Häuschen mit vier Zimmern und zwei Bädern im ersten Stock und einer Gästetoilette, meinem Büro, einem großen Wohnzimmer und einer riesigen Küche im Erdgeschoss. Eine große Terrasse führte direkt von dem großen geschmiedeten Eisentor zu meinem Haus, dahinter, und von vorn kaum sichtbar, hatte ich noch einen kleinen Anbau, wo ich meine kleine Produktionshalle zum Zubereiten von Olivenöl und Schafskäsespezialitäten hatte. Wie fast überall in unserer Gegend, waren in den Gärten Oliven- und Obstbäume gepflanzt, die das ganze Jahr über grün waren und deren Blätter nie ganz abstarben. Unten drunter, also in der Erde, waren die Wassertanks, deren Leitungen ins Haus und in meinen Brunnen im Garten führten, von wo aus ich manchmal das Wasser, wie im Mittelalter, aus dem Untergrund hervorholte.

Mein Haus nannte ich Villa Griegenta, ein Begriff, der dem altgriechischen Namen für Agrigento, der nächstgelegenen Großstadt, nachempfunden war und die ich so sehr liebte.

Mein Wohnzimmer war mein Ruheraum mit einem großen Kamin, der im Winter gut heizte. Hier saß ich oft in meinem bequemen Omasessel und schaute ins Feuer, dachte über Gott und die Welt nach und telefonierte von hier aus mit meinen Lieben. Wie immer, legte sich Bianco nach unserem heutigen Spaziergang neben mich und streckte seine Vorderpfoten weit von sich, um mir verstehen zu geben, wie sehr er meine Nähe liebte. Die Glut loderte hellrot, fast orange, mächtig und stark. Mich ermüdete diese Romantik so sehr, dass ich bald darauf einschlief.

2

Am nächsten Morgen wachte ich in meinem Sessel auf. Bianco winselte, er wollte vor die Tür. Okay, raus mit dir, mein Schatz.

Die Sonne erhob sich gerade über dem Hügel. Mein Gott, ist das schön!, dachte ich überglücklich. Was für ein Paradies! Bianco sah das wohl genauso, denn er machte sich sofort daran, einen Gecko zu ärgern und hinter ihm los zu flitzen. Und obwohl die Geckos schneller waren als mein Bianco, machte ihm der Morgenlauf einen Heidenspaß. Mit wedelndem Schwanz kehrte er zu mir zurück und wir gingen ins Haus.

Es war fünf Uhr morgens, meine Zeit. Jetzt konnte ich alles am besten erledigen, hatte ich festgestellt, machte mir mein Frühstück, ging an meinen PC, schaute nach neuen Bestellungen für meinen selbst hergestellten

Schafskäse und mein Öl, das ich aus den eigenen Oliven aus meinem Garten presste und in 500-ml-Flaschen nach Deutschland, in die Schweiz und nach Österreich exportierte.

Heute nahm ich mir vor, auf den Markt zu gehen und frische Lebensmittel zu besorgen. Zweimal die Woche präsentierten die Bauern in der Stadt Obst und Gemüse, selbstgebasteltes Kunsthandwerk und selbstgenähte Blusen und Hemden, sogar einfache Haushaltswaren wie Messer, Dosenöffner und Kochtöpfe. Viele Händler kannte ich vom Sehen, einige waren sogar »Kunden«, die meinen Schicksalsrat mehr oder weniger regelmäßig suchten und sich von mir ihre Zukunft deuten ließen.

»Anna!«, schrie plötzlich einer aus dem Gewusel aus Verkäufern und Käufern und winkte mir wild gestikulierend zu.

Es war Alessandro, einer der Restaurantbesitzer am Strand. Er fuchtelte so heftig mit seinen Armen, dass ich ihn gar nicht übersehen konnte. »Buongiorno«, rief ich fröhlich. »Come va?«

»Na ja«, antwortete er in seinem sizilianischen Slang ein wenig bedrückt, »wann kommst du zu uns? Es gibt Neuigkeiten, die dich bestimmt interessieren!« Neuigkeiten? Was sollte es schon für Neuigkeiten geben? Ich war verwirrt.

»Kennst du Signore Ronaldo?« Ich schüttelte den Kopf. Wer war das?

»Ein wichtiger Mann. Ein deutscher Mann«, antwortete Alessandro und lud mich zum Mittagessen in sein Restaurant ein, »vielleicht ist er wieder da, dann lernst du ihn kennen.«

Eigentlich wäre ich lieber shoppen gegangen, sagte trotzdem aber zu, kaufte mir danach schnell noch ein paar Kleinigkeiten und kutschierte meinen Wagen in eins der Nachbarorte zur Strandpromenade, wo es mal wieder an Parkplätzen mangelte. Nun gut, ein paar Schritte zu gehen, war nicht schlecht. Die fliegenden Händler aus Afrika, denen ich auf der Promenade begegnete, bestürmten mich, ihre Schmuckstücke zu kaufen, aber ich lehnte konsequent ab: »No«, sagte ich jedes Mal mit einer solchen Heftigkeit, dass sie wussten, dass ihr Werben sinnlos war.

Das Restaurant war draußen hell erleuchtet, obwohl es erst kurz nach zwölf Uhr war. Aber die Lampen und die elektrischen Terrassenheizungen strahlten so viel Wärme aus, dass man dort sogar jetzt im Winter bequem sitzen konnte, ohne zu frieren.

Alessandro hatte mir den Tisch direkt an der Straße reserviert, von wo aus ich einen herrlichen Blick auf das Meer, den Strand und natürlich auf die übergroße Statue von Padre Pio hatte, dem Heiligen, der im ganzen Süden Italiens stark verehrt wird und dessen Bild in jedem Haus und in jeder Kirche hängt. Der Heilige der Armen, den alle liebten – ich auch.

Kaum hatte mich Alessandro aus der Küche heraus entdeckt, kam er mit einer Flasche Vino, einer Karaffe Wasser und der Speisekarte in der Hand an meinen Tisch. »Der Pulpo ist superlecker, nimm ihn«, empfahl er mir. »Dazu noch Spaghetti Aglio e Olio vorweg? Mit deinem phantastischen Olivenöl?« Mit seinem umwerfenden Charme hatte er mich überzeugt. Ich fand es super, dass er so oft von meinem Öl schwärmte. Okay, dachte ich, dann lasse ich mich von dem Maestro verwöhnen!

Alessandro war begeistert: »Gut gemacht, Anna, du weißt, was gut schmeckt!«

Nun wurde er ruhiger. Mit leiser Stimme verriet er mir, dass die Geschäfte nicht gut gingen und er Krach mit seiner deutschen Frau Angelina hatte. Besorgt fragte er mich, ob ich zwischen ihnen vermitteln könnte und er deshalb demnächst bei mir vorbeikommen und sich mithilfe meiner Séancekarten Rat holen dürfte.

Ich sah ihn verdutzt an. Selbstverständlich durfte er das. Warum fragte er? Sonst kam er doch auch vorbei, wenn beide Stress hatten!

Während unseres Gespräches wurde Alessandro immer nachdenklicher. Ich spürte, dass er etwas Ernstes auf dem Herzen hatte, und schließlich gestand er mir die ganze Wahrheit:

Seit einiger Zeit kam dieser Signore Ronaldo regelmäßig zu ihm zum Essen. Der hätte sich in den Bergen niedergelassen, erzählte er, und Alessandro und Angelina hätten sich anfangs über ihren neuen Stammgast gefreut und ihm gern Auskunft über ihr Restaurant und ihre Gerichte gegeben.

Dann wären sie stutzig geworden: »Dieser Signore Ronaldo sagte nämlich, dass er mein Restaurant kaufen wollte!«

Verwirrt sah ich ihn an. Hatte ich das soeben richtig verstanden, war mein Sizilianisch so gut, dass ich seine Worte korrekt ins Deutsche übersetzen konnte?

Alessandro war empört: »Anna, stell dir vor: Dieser Kerl will mein, will unser Restaurant kaufen! So eine Frechheit!«

Seinen Ärger konnte ich verstehen. Was fiel diesem Fremden ein? Alessandro   hatte sein Restaurant von seinem Vater geerbt und es zu einem Schmuckstück mit einer hervorragenden Küche entwickelt. Erst alleine, später, nachdem er Angelina kennen und lieben gelernt hatte, gemeinsam mit seiner Frau, mit der er inzwischen fünf Kinder hatte. Beide waren ein Geheimtipp für die Liebhaber der sizilianischen Fischküche.

»Wie kommt der Mann auf so eine Schnapsidee? Willst du denn verkaufen?«, fragte ich Alessandro und überlegte, was er mir wohl verschwiegen hatte: Gab es so große Geldsorgen, dass er womöglich einen Immobilienmakler damit beauftragt hatte, sein Restaurant zu verkaufen?

»Nein!«, stieß er hervor, als hätte er meine Gedanken lesen können, »niemals. Wir sind hier zu Hause! In meine Küche kommt kein Fremder!«

»Und wie hast du auf sein Angebot reagiert?«, wollte ich von ihm wissen, »so hitzköpfig wie jetzt oder ganz cool? Hast du ihn rausgeschmissen oder etwa deine Freunde geholt...?«

»Nein, leider nicht«, meinte er ein wenig kleinlaut, «dafür bringt er uns zu viel Geld, das wir gut gebrauchen können! Ich muss still halten! Ich muss ruhig bleiben, sagt Angelina. Er soll gut essen und viele, viele Euros zahlen! Sonst aber soll er sein verdammtes Maul halten, dieser verdammte Tedesco!«

Ich konnte seinen Augen ansehen, wie sauer er war und merkte, dass es keinen Sinn hatte, ihn beruhigen zu wollen – zumal er jetzt noch böser wurde: »Er will uns demütigen! Aber das schafft der nicht! Nicht heute, nicht morgen, nie! Wir sind Sizilianer, stolze Sizilianer!«

Im Geiste stellte ich mir vor, wie dieser kleine Alessandro vor Wut in seiner Küche tobte und seine Angelina dem verhassten Fremden das Essen brachte, dabei lächelte und ein paar nette Worte sagte... Wie sollte das gehen? Ich fragte Alessandro.

»Das ist das Schlimmste!«, ereiferte er sich, »Angelina gefällt ihm! Er gibt ihr immer Trinkgeld! Manchmal über 100 Euro!«

Wow! Über 100 Euro! So viel Geld! Da konnte was nicht stimmen. Oh ja, ich verstand Alessandro. War doch klar: Welcher Mann gab Alessandros Frau über 100 Euro extra, wenn das Drei-Gänge-Menü auf der Speisekarte nicht mal 50 Euro kostete? Wollte er ihn aber damit wirklich demütigen oder ihn auf diese Weise »nur« mürbe machen? Oder wollte er zwischen dem Paar Zwietracht säen und benutzte dafür sein Geld?

Mir kam mir das Ganze undurchsichtig vor und ich konnte mir auf das Verhalten dieses Signore Ronaldo keinen Reim machen. Wer war dieser Mann, und was wollte er wirklich? Ein Deutscher sollte er sein, hatte Alessandro gesagt. Einer, der ausgerechnet in unsere Gegend gezogen war und dann noch ein Restaurant kaufen wollte, das einem alteingesessenen Ursizilianer gehörte?

Nein, über so einen undurchsichtigen Typen würden alle im Dorf und in der Stadt reden und keiner würde ihm eine Chance geben! Da konnte etwas nicht stimmen!

Alessandro wusste anscheinend nicht mehr als das, was er mir gesagt hatte und bat mich, am nächsten Vormittag wiederzukommen, wenn er den Fremden erwarten würde.

»Oh je!«, rief er plötzlich, »das Essen! Excuse, Anna, ich habe es ganz vergessen! Wäre doch Angelina bei mir, ich laufe schon, ich beeile mich…«

Schwuppdiwupp, war er weg, rein in die Küche, lautes Geschirrklappern war zu hören, knapp zehn Minuten später hatte ich meine Spaghetti vor mir und genoss die beste Pasta der Welt. Überhaupt war sein Essen wie immer mega! Nach dem Pulpo nahm ich noch die Feigen zum Dessert und wollte mich danach schnell auf dem Heimweg machen.

»Wann kann ich zu dir kommen?«, fragte Alessandro, während ich ihm 50 Euro zustecken wollte. Als ich im Geiste meinen Terminkalender durchging, griff er nach dem Schein und steckte ihn mir in meine Jackentasche: »Kein Geld!«

Es war mir peinlich ihn zu verlassen, ohne meine Schulden zu begleichen, doch darin war Alessandro eigen. Er wäre beleidigt gewesen, hätte ich ihm mein Geld aufgedrängt. Also beließ ich es dabei und empfahl ihm, nach Weihnachten zu einer Séance vorbeizukommen. Wir umarmten uns zwar liebevoll, aber auch ein bisschen traurig, weil wir uns beide Sorgen um seine Zukunft machten.

Immer wieder musste ich an diesen Signore Ronaldo denken. Was wollte der Kerl von uns? Warum wollte er ausgerechnet Alessandros Restaurant kaufen? Woher kannte er es überhaupt? Gut, Alessandro war ein begnadeter Maître, ja, aber ein Sternekoch war er ganz bestimmt nicht. Er war ein freundlicher sizilianischer Koch mit tollen Gerichten, das war's.

Zu Hause wartete Bianco wie immer lieb und treu auf mich. Ich gab ihm frisches Wasser und von der leckeren Dosenmahlzeit, die ich neulich im Einkaufszentrum gekauft hatte. Dann ließ ich ihn in den Garten laufen. Fröhlich rannte er umher und genoss seine Freiheit mit heftigem Schwanzwedeln und begeisterten Luftsprüngen. Ich ging in meine Käserei, schaute nach der Milch, sah nach, ob sich die Käsetrommel weiter im gleichen Rhythmus drehte und sich der Rahm oben optimal absetzte. Ja, das sah gut aus! Die letzte Fuhre für dieses

Jahr würde in den nächsten Stunden fertig sein, danach hatte ich endgültig frei.

In der Stube machte ich mir wieder den Kamin an, ich fröstelte. Wahrscheinlich hatte ich mir bei den Minustemperaturen eine Erkältung eingefangen. Dagegen halfen nur ein guter Zitronentee und viel Wärme. Ich brühte mir eine Tasse mit schwarzem Tee auf und zog meine Stiefel an, um mir im Garten noch eine Zitrone zu pflücken, die als Vitaminbombe dienen sollte. Ja, diese eine am unteren Ast, die war gut. Dick, fleischig, hart.

Ich presste die Zitrone aus und schüttete den Saft in den Tee, gab ein wenig Zucker hinzu und setzte mich vor den Kamin. Das tat gut. So kuschelig warm war es hier, traumhaft.

3

Ich musste eingeschlafen sein. Als ich die Augen öffnete, lag Bianco friedlich auf dem Teppich, während ich zusammengekrümmt in meinem Sessel kauerte, von dem Feuer war nicht mehr viel übrig. »Na, hast du geschlafen?«, fragte ich meinen Süßen. Er musste mich anscheinend missverstanden haben, denn nun stand er auf und leckte meine rechte Hand. Ich will nach draußen, bedeutete das.

Gern wollte ich ihm den Gefallen tun und versuchte aufzustehen – als plötzlich meine Beine unter mir zusammensackten und ich vor Schwäche zur Seite kippte und mir dabei fast den Kopf am Kamin stieß.

Merde, dachte ich, anscheinend hatte ich eine Grippe, und die konnte ich jetzt gar nicht gebrauchen. Advent, Weihnachten, Silvester – an jeder Ecke wurde gefeiert und die Einladungen von Freunden häuften sich, wie konnte ich da das Bett hüten anstatt abzufeiern?

Gesund zu werden, ist in Italien gar nicht so einfach. Die Ärzte haben lange Wartezeiten und öffnen sowieso nur, wenn sie lustig sind. Also muss man sich rechtzeitig in der Apotheke mit Medikamenten eindecken, egal mit welchen. Deshalb hatte ich vorgesorgt und mir Tabletten und Saft gegen alles und jedes besorgt, was mich schnell wieder auf die Beine bringen sollte. Aus der Fülle wählte ich die extra starken Kapseln, die eigentlich nicht frei verkäuflich sein durften, trank dazu Tee und aß ein paar Kekse, damit mein Magen diese Gewaltkur vertrug. Langsam dämmerte ich weg.

Ein sanftes Rütteln weckte mich. Es war Matteo, der mich zum Abendessen einladen wollte. »Du bist so heiß, was ist los?«, fragte er.

Ich verstand nur Bahnhof. Wo war ich? Was wollte er von mir? Verschlafen rieb ich mir die Augen, streckte mich und merkte, dass mir alle Knochen weh taten. »Excuse«, erwiderte ich benommen.

Warmherzig blickten seine schönen dunklen Augen auf mich herab. »Steh auf, ich helfe dir«, forderte er mich freundlich aber bestimmt auf, fasste mich am Arm und zog mich aus dem Sessel zu sich hoch. Mühsam erzählte ich ihm, dass ich Tabletten gegen meine Erkältung eingenommen hätte und deswegen eingeschlafen wäre.

»Du solltest heute Nacht nicht alleine bleiben«, meinte er und half mir beim Gehen. »Ich werde auf dich aufpassen.«

Keine schlechte Idee, dachte ich, verwarf den Gedanken aber sofort wieder. Nein, vielleicht würde er sich dann womöglich Hoffnung machen? Das durfte ich nicht zulassen! Ich wollte keinen neuen Mann! Ich musste dem von Anfang an einen Riegel vorschieben. »Nein«, erwiderte ich entschieden, »das schaffe ich alleine.«

Matteo zögerte, er war wohl enttäuscht. Fast mürrisch sagte er: »Gut, Anna, aber ich mache dir etwas zu essen und dann gehst du ins Bett.« Ohne Einspruch zu erheben – dafür war ich zu schwach und zu müde -, ließ ich mich in den Sessel fallen, dämmerte weiter vor mich hin und merkte gar nicht, wie Matteo das Haus verließ.

Erst als er wiederkam, wurde ich wach und war froh, dass er ein ganzes Tablett mit vielen Delikatessen mitgebracht hatte: Tomaten, Mortadella, Pane, Mozzarella, Trauben – und meine geliebten Arancini...! Dazu noch eine große Flasche Orangensaft! Obwohl ich eigentlich gar keinen Hunger hatte, musste ich zugreifen! Lecker! Besonders die Arancini schmeckten wunderbar! »Herrlich, grazie«, stöhnte ich. »Jetzt geht es mir schon viel, viel besser!« Matteo lachte sein herzliches, dunkles, fröhliches Lachen.

Ein kleiner, dicker Sizilianer, ein wunderbarer Mensch wie so viele Leute, die hier auf der Insel lebten. Mit einem riesengroßen Herzen, immer hilfsbereit und freundlich. Und das trotz entsetzlicher Schicksalsschläge, die mein armer Matteo erleiden musste!

Matteo und seine Maria waren gerade mal ein Jahr verheiratet, als seine Frau bei einem Autounfall in den Bergen tödlich verunglückte. Ein betrunkener Tourist war bei hoher Geschwindigkeit und ohne zu bremsen auf der langgezogenen, kurvenreichen Straße von Catania nach Enna auf ihren Wagen aufgefahren und hatte dabei Maria und das ungeborene Kind getötet. Danach hatte er Fahrerflucht begangen und war erst nach langer Zeit von der Polizei geschnappt worden. Ein Deutscher ohne Skrupel und Mitgefühl!

Matteo selbst hatte das Unglück nur mühsam überlebt und war lange im Krankenhaus in Catania versorgt worden. Als er endlich wieder zu Hause war, stürzte er sich in die Arbeit und kümmerte sich seitdem fast nur noch um seine Schafzucht.

Nie wieder hatte er geheiratet und viele aus dem Dorf hielten ihn für einen komischen Kauz. Das war er für mich aber nicht. Ich konnte seinen Schmerz, der ihn niemals verlassen hatte, nachempfinden und war froh, dass ich für ihn eine gute Freundin sein durfte.

Zufällig hatten wir uns beim Einkaufen kennen gelernt, als ich erst ein knappes Jahr auf Sizilien lebte. Ich suchte im Supermarkt gerade nach Hundefutter und stieß dabei einen Fluch nach dem anderen aus, weil ich dieses verdammte Regal nicht fand. Matteo musste mich gehört haben, denn er sprach mich an, ob er mir helfen konnte.

Da mir sein Sizilianisch noch sehr fremd war, wollte ich mich versichern, ihn richtig verstanden zu haben und fragte höflich nach. Geduldig wiederholte er seine Frage, diesmal auf reinstem Italienisch, und ich nickte artig.

»Mangiare a favore di mio carne«, antwortete ich unsicher und er lachte, ergriff wortlos meine Hand und zog mich mit sich, kurze Zeit später stand ich vor dem Regal, das ich gesucht hatte.

»Come si ciama?« oder so ähnlich, fragte er und verwirrte mich damit ein wenig. »Anna«, verriet ich ihm, »è tu?«

Seine Augen leuchteten, als er antwortete: »Matteo.«
Das war alles. »Grazie«, bedankte ich mich, wandte mich
um und ließ ihn stehen.

Ein paar Tage später sah ich ihn wieder. Bei seinen
Schafen auf der Weide. Er hatte sich auf den Boden
gesetzt und blickte auf seine Herde, ein Hund lag neben
ihm und wurde von ihm sanft gekrault. Ich blieb stehen,
obwohl ich eigentlich spazieren gehen und die nähere
Umgebung besser kennen lernen wollte. Aber dieser
Anblick war so beruhigend, irgendwie wie in einem
Kitschfilm. Romantisch, ein bisschen unwirklich.

Ich weiß nicht mehr, wie lange ich stehen geblieben war,
aber sein Winken holte mich aus meinen Gedanken
zurück. Der Fremde – ich erkannte Matteo auf den ersten
Blick gar nicht - winkte mir zu, ich winkte zurück und ging
schnurstracks auf ihn zu. Dort erkannte ich ihn, streckte
ihm meine Hand entgegen und sagte mein »Buongiorno«,
woraufhin er sofort aufstand und mir, ein bisschen
linkisch, ebenfalls die Hand reichte und sich verbeugte.

Unsere Verständigung klappte von Anfang an ganz gut.
Ich erfuhr, dass er alleine lebte, keine Kinder hatte und
von seiner Schafherde und gelegentlich noch vom
Obstanbau lebte. Er war der einzige Sohn seiner Eltern
und wohnte in seinem Geburtshaus, einige hundert
Meter von meiner neuen Bleibe entfernt. »Sizilien ist

mein Leben. Hier lebe und hier sterbe ich«, sagte er mit dem Stolz, den Sizilianer in ihren Herzen tragen.

Er fragte mich, wo ich wohnte, weshalb ich nach Sizilien gekommen wäre, ob ich verheiratet wäre, Kinder hätte etc. Alle Fragen beantwortete ich ihm ehrlich. Manches aber verschwieg ich ihm. Das ging ihn nichts an.

Was hätte ich ihm auch sagen sollen über meine große Liebe? Oder weshalb ich wirklich nach Italien gezogen war? Dass ist endlich glücklich werden wollte – nachdem mir Martin das Furchtbare angetan hatte!?

4

Mit Martin hatte ich fast drei Jahre zusammengelebt. Wir hatten uns während unseres Studiums kennen gelernt. Ich studierte Pädagogik und Biologie, er Architektur. Um Geld zu sparen, suchten wir uns eine kleine Zwei-Zimmer-Wohnung, die wir liebevoll mit Ebay-Möbeln einrichteten!

Wir waren anfangs sehr glücklich, gingen wochentags in die Uni, kamen abends zurück, kochten gemeinsam, lernten so lange, bis wir spät in der Nacht müde ins Bett fielen. Wir hatten gemeinsame Ziele: Examen, danach ein, zwei Jahre arbeiten, heiraten, Kinder haben, ein Haus bauen...

Im Laufe der Zeit stellte sich der Alltagstrott ein. Martin kam immer später aus der Uni und machte mit seinen Freunden häufig lange Wochenendausflüge. Wenn ich mitfahren wollte, wiegelte er ab: »Wir Männer wollen unter uns bleiben, ihr Frauen bleibt zu Hause. Ihr könnt selbst etwas unternehmen!«

»Was denn?«, fragte ich ihn oft, er fand meine Frage geistlos: »Darüber musst du dir selbst Gedanken machen, bist ja alt genug!«

Nachdem ich lange genug alleine zu Hause herumgehangen hatte, beschloss ich eines Tages, es ihm heimzuzahlen und rief meine beste Freundin Merle in Schwerin an. Ich klagte ihr mein Leid und fragte, ob ich sie besuchen könnte.

»Klar, kannst du das, Schatz«, antwortete sie durchs Telefon, »ich bin sowieso gerade solo!«

Als ich Martin von meinem Reiseplan erzählte, war er gar nicht begeistert: »So eine Zugfahrt kostet viel Geld. Außerdem musst du ihr ein Geschenk mitbringen. Wir sind aber doch so knapp mit Geld! Kannst du nicht später fahren, wenn wir wieder ein bisschen flüssig sind?«

Knapp mit Geld? Das war echt unverschämt. Schließlich verbrauchte er viel mehr Geld als ich! Und dauernd seine Wochenendausflüge! Die kosteten jedes Mal gut 100 Euro – die uns in der Kasse fehlten!

Nein, ich würde Ernst machen, egal, was er dazu sagte. Und wenn wir trocken Brot essen müssten, egal! »Ich will eine Woche wegfahren. Mein Praktikum endet am Freitag, ich kann Samstag los. Mit dem Geld, das bekommen wir schon hin«, beruhigte ich ihn. Martin maulte, gab sich dann aber doch damit zufrieden. Er besorgte mir die Zugfahrkarte online, warf sie mir auf meinen Schreibtisch und begann das Geld in unserer Schatulle zu zählen, wo wir unser Haushaltsgeld aufbewahrten: »Reicht knapp, wenn du nicht mehr als 50 Euro mitnimmst!«

Es reichte wirklich nur sehr knapp. Ich besorgte meiner Freundin also lediglich einen kleinen Anhänger für ihre Schlüssel und gönnte mir in der ganzen Woche keine Mahlzeit in der Schule, wo ich mein Praktikum machte.

Der Abschied von Martin fiel eher mau aus. Er brachte mich zum Zug, knatschte ein bisschen, hauchte mir einen Kuss auf die Wange und verschwand schnell. Geht ihm ganz schön an die Nieren, dachte ich und suchte mir mein Abteil, wo der Sitzplatz für mich gebucht war.

Die Zugfahrt machte mir nichts aus. Ich hatte mir eins meiner Lieblingsbücher eingepackt und begann darin zu lesen. Unterwegs setzte sich eine ältere Dame neben mich und wir kamen ins Plaudern, schnell war ich am Ziel.

Merle holte mich vom Bahnhof ab und wir fuhren zu ihr nach Hause, wo sie für uns gekocht hatte. Ich schrieb meinem Schatz eine SMS, dass ich gut angekommen war und dann machten es sich Merle und ich auf dem Sofa bequem, redeten und redeten und redeten...

Über mein Geschenk freute sie sich, auch für mich hatte sie eine Kleinigkeit: ein Lesezeichen mit einem dicken Kuss darauf: »Für meine beste Freundin«, sagte sie schmunzelnd, während sie es mir übergab.

Mit Martin telefonierte ich kurz vor dem Schlafengehen. Er erzählte mir, dass er viel zu tun hätte und mir alles Gute wünschte, ich wiederum berichtete ihm von meiner Zugfahrt und meinem ersten Nachmittag bei Merle. »Grüß sie«, bat er zum Abschied und gab mir einen dicken Schmatzer übers Handy.

Am nächsten Morgen wachte ich schon sehr früh auf und war überglücklich, meinen Willen durchgesetzt zu haben, als Merle mit einer dicken Überraschung aufwartete: »Ich muss dir leider einen Korb geben«, sagte sie traurig, »mein Chef will, dass ich heute zu ihm nach München fliege. Er braucht mich bei seiner wichtigen Präsentation morgen früh.«

Ich schluckte. Ich hatte mich so auf unser Zusammensein gefreut! »Wie lange bleibst du weg?«, wollte ich wissen, »bist du… übermorgen zurück?«

Merle runzelte die Stirn und warf ihre langen dunkelbraunen Locken nach hinten, wie sie es immer tat, wenn sie mit einer Situation nicht zufrieden war. »Glaub ich nicht«, antwortete sie ernst, »wahrscheinlich dauert das Ganze drei, vier Tage.« Als sie sah, dass ich meine Tränen kaum zurückhalten konnte, kam sie zu mir und streichelte meine Wange: »Bleib doch. Wart auf mich. Du kannst dir ein bisschen Schwerin ansehen und es dir zu Hause bequem machen.«

Das wollte ich nicht. Was sollte ich ohne sie in Schwerin machen? So schön war es hier wirklich nicht. Nein, dann wollte ich lieber bei Martin sein!

Wir einigten uns darauf, dass wir noch gemeinsam frühstücken würden. Merle gab mir das Geld für den Umtausch der Fahrkarte und riet mir, Martin mit meiner Rückkehr zu überraschen: »Vor Freude wird er verrückt werden!«

Ja, glaubte ich, genauso wird es werden. Also frühstückte ich mit einem lachenden und einem weinenden Auge.

Als wir uns am Bahnhof voneinander verabschiedeten, drückte sie mir noch eine Flasche Prosecco in die Hand. »Macht euch einen schönen Abend«, schlug sie vor und hauchte mir lachend ein «Du weißt ja, wie ich das meine, Schatz...« zu.

5

Nachdem ich den Schlüssel unserer Wohnungstür herumgedreht hatte, bemühte ich mich, ganz leise zu sein. Auf Zehenspitzen schlich ich in den Flur, stellte meinen Koffer geräuschlos auf den Boden und sah ins Wohnzimmer.

Nein, Martin war anscheinend noch nicht zu Hause. Dann warte ich eben im Bett auf ihn, dachte ich und nahm den Prosecco gleich mit.

Als ich gerade die Klinke unseres Schlafzimmers niedergedrückt hatte, traf mich fast der Schlag: Im Bett lag mein Martin – neben einer unbekannten Frau! »Raus hier!«, schrie ich sie an.

Martin wurde schlagartig wach, saß sofort kerzengerade im Bett, während sich die Schlampe die Augen rieb.

Mit voller Wucht schmiss ich den Prosecco in Richtung Bett. Doch noch ehe Martin von der Flasche getroffen werden konnte, hatte er sie bereits aufgefangen. »Was fällt dir denn ein?«, keuchte er, »willst du mich umbringen?«

Ich reagierte gar nicht darauf, sondern geriet voll in Rage: »Du Schlampe!«, schrie ich, »raus mit dir! Sofort!«

Meine Worte mussten die Unbekannte wirklich eingeschüchtert haben, denn sie zog jetzt die Bettdecke weg, bedeckte damit ihren Körper und wollte nach ihren Klamotten greifen, die wahllos im Zimmer verstreut waren.

Ich hielt sie davon ab: »Bettdecke her!«, schrie ich, ergriff einen Teil des Stoffes und zog so lange daran, bis die Tusse nackt vor mir stand. Mit ihren Händen bedeckte sie ihre Brüste, kniff die Beine zusammen, sah meinen Martin flehend an: »Nun, sag doch was«, bettelte sie.

Martin war viel zu schwach. »Geh schon«, murmelte er ihr zu, während er mich mit seinen Blicken taxierte. Er wusste wohl nicht, wozu ich fähig war.

Ich war maßlos wütend, zeigte auf die Schlafzimmertür und schrie die Frau an, sie sollte sofort die Wohnung verlassen, sonst würde sie mich noch richtig kennen lernen. Immer wieder sah sie hilfesuchend zu Martin, der jedoch wegschaute und sich krampfhaft zu überlegen schien, wie er sich aus dieser Situation herausreden konnte.

Schließlich gab sie auf und versuchte, möglichst schnell an mir vorbei durch die Schlafzimmertür auf den Flur zu gelangen. Ich musterte sie dabei wie eine strenge Gouvernante, um ihr das Gefühl zu geben, dass sie Angst vor mir haben musste.

Endlich hörte ich die Wohnungstür ins Schloss fallen. Nun konnte ich mir diesen Kerl zur Brust nehmen.

»Es ist ganz anders, als du denkst«, stotterte er, als ich mit drohender Gebärde vor dem Bett stand.

Ich antwortete nicht. Ich konnte nichts sagen. Am liebsten hätte ich ihn geschlagen. Oder aus dem Fenster geworfen. Oder, oder, oder. Aber ich stand da. Still. Wortlos. Ja, gefühllos.

Er stand nun auf, ohne Prosecco, wollte mich umarmen, aber ich rammte ihm meinen Ellenbogen mit aller Kraft in den Magen. Vor Schmerz schrie er laut auf, ließ sich aufs Bett fallen.

Ich sah, wie er sich krümmte. Wie ein Cretin. Jammernd. Ein Bürschchen ohne Mumm. Erst den großen Macker spielen und die Schlampe vögeln und sich jetzt wie ein Pennäler aufführen! Pfui Teufel!

29

»Raus! Zieh dich an und verschwinde. Ab morgen hast du die Wohnung alleine. Ich ziehe aus!«, befahl ich ihm so böse, wie ich das überhaupt nur konnte.

Er gehorchte. Langsam suchte er seine Sachen zusammen und schlich sich davon.

Ich blieb allein zurück. Meine Gefühle überkamen mich und ich fing an zu heulen, konnte nicht mehr klar denken. Ich öffnete die Proseccoflasche und kippte mir das Zeug rein, Schluck für Schluck. Irgendwann schlief ich ein.

Als ich aufwachte, saß Martin an unserem Bett, auf dem Nachttisch stand heißer, dampfender Kaffee, daneben waren wohlriechende Brötchen, Butter, Aufschnitt, eine kleine Vase mit einer Rose. »Schatz, gut, dass du wach bist. Komm, iss, du wirst bestimmt hungrig sein.«

Wie beim Computercheck liefen bei mir die Szenen von gestern Abend ab. Ich wusste sofort, was Sache war. Ohne auf sein Gesäusel einzugehen, setzte ich mich auf.

Knallhart wandte ich mich diesem Mistkerl zu, ganz diszipliniert und geschäftsmäßig: »Wie oft hast du diese Schlampe schon gevögelt?«

Seine Augen zuckten, eine Träne zeige sich am Lid.

Das tat gut. Aha, ich hatte ihn mit meinen Worten mitten ins Herz getroffen!

Martin spielte das Opfer: »Anna, ich kann nichts dafür. Tina... Sie hat mich... verführt...«

»Lüg nicht!«, befahl ich ihm streng, »wie oft...?«

»Nur einmal! Nur einmal!«, schrie er laut und aggressiv und fuchtelte mit seinen Armen durch die Gegend. »Stell dich nicht so an, sowas passiert schon mal...«

Ich wusste, dass er gelogen hatte, und er wusste, dass ich das wusste. Das machte mich noch wütender. Ich war total enttäuscht und stellte mir insgeheim vor, wie er hier, auf meinem Laken, mit der Alten herumgemacht hatte. Das war so widerlich, so ekelhaft.

Wortlos schob ich die Bettdecke beiseite, meine Klamotten hatte ich über Nacht anbehalten, gekonnt drehte ich mich aus dem Bett, stand auf und sprach möglichst ruhig:

»Ich will dich nicht mehr sehen. Ich packe meine Sachen und gehe. Behaltet die Wohnung. Du und deine Schlampe. Geh mir aus den Augen und komme erst heute Abend wieder. Dann bin ich weg.«

»Aber, Schatzi...«, versuchte er einzulenken, »überleg es dir noch mal...« Ich antwortete nicht. Ich wusste, wenn ich jetzt etwas sagte, würde ich es hinterher bereuen. Die Enttäuschung saß so tief, so unendlich tief, dass ich zu allem fähig war.

Er spürte das, dafür kannte er mich zu genau. Leise näherte er sich mir: »Bitte, Anna, lass uns darüber reden...«, schnurrte er und versuchte, mit seinen Händen meinen Kopf zu streicheln.

Als ich ihm mit voller Wucht ins Gesicht schlug und ihn dabei bitterböse ansah, ohne einen Ton zu sagen, änderte er seine Haltung: »Du bist auch kein Engel!«, schrie er mich an und rieb seine knallrote linke Gesichtshälfte, »du machst auch Fehler!«

Als ich immer noch kein Wort sagte, reizte ihn das noch mehr: »Glaubst du, du bist die einzige, die einen sexy Hintern und große Brüste hat? Glaubst du, nur du kannst gut ficken? Nee, ganz bestimmt nicht! Und überhaupt: Ich kann Tausende von deiner Sorte haben! Tausende, hast du mich verstanden?«

Martin wurde immer ausfallender. Er erschreckte mich, aber ich gab mir alle Mühe, meine Gefühle nicht zu zeigen. Wie gerne hätte ich ihm noch eine geknallt und ihn zutiefst beleidigt.

Doch ich beherrschte mich, um die Situation nicht eskalieren zu lassen. »Dann wirst du ja schnell einen Ersatz finden«, sagte ich spitz und ging ins Bad, um mich dort frisch zu machen. Um sicher zu gehen, dass ich alleine bleiben würde, schloss ich die Tür ab.

Gut eine halbe Stunde blieb ich drinnen, ehe ich die Tür öffnete und vorsichtig hinaussah. War Martin verschwunden? Ja, die Luft war rein.

Ich suchte eilig meine paar Sachen zusammen, rief meine Mutter an und fragte, ob ich bei ihr wohnen dürfte und sie mich mit ihrem Auto abholen würde. Mutti war ganz aufgeregt, machte sich gleich Sorgen und wollte alles ganz genau wissen, doch ich vertröstete sie auf später.

Mit ein paar Beuteln, einem Koffer, meinem Laptop und einigen Tüten stand ich schließlich vor dem Haus, als sie mit ihrem Clio angefahren kam. Ohne zu fragen, half sie beim Einpacken und fuhr mit mir nach Hause.

6

Natürlich erzählte ich ihr nur Bruchstücke von dem, was ich erlebt hatte, schließlich fürchtete ich, dass sie sonst zu Martin fahren und ihn zur Rede stellen würde. Doch ich hatte mich entschieden alt genug zu sein, um mit dieser Situation alleine fertig zu werden.

Von Martin hörte ich zunächst nichts. Erst eine Woche später bekam ich eine SMS von ihm. Er fragte, ob ich im Mietvertrag bleiben wollte. Als ich das verneinte, bat er mich um ein Treffen, das ich ebenfalls verneinte. Meinem Vermieter schrieb ich einen Brief mit der Kündigung und der alleinigen Wohnungsübernahme durch Martin. Als ich dessen Einverständnis in den Händen hielt, war das Kapitel »Martin« für mich erledigt.

Nachher jedoch fragte ich mich oft, ob ich es mir nicht doch heimlich wünschte ihm zu verzeihen, weil ich spürte, dass ich ihn noch liebte.

Hatte ich mich also falsch entschieden?

Wenn ich mit Mutti darüber sprach, stellte sie immer nur eine Frage: »Könntest du ihm wieder vertrauen?«

»Nein«, sträubte ich mich jedes Mal, »niemals! Er ist ein Betrüger, der größte Mistkerl der Welt!«

Um ihn zu vergessen, konzentrierte ich mich auf mein Studium und ließ mich zu Hause von Mutti verwöhnen. Ein Jahr später hatte ich mein Examen in der Tasche. Alle freuten sich mit mir, ich war glücklich, ging auf Partys, in Clubs, absolvierte nebenbei noch ein paar Kurse in der Herstellung von Käse, der Aufzucht von Biogemüse und dem Aufbau von Gewächshäusern. Alles war super.

Bis mich eine Freundin auf Martin ansprach. Sofort war meine Laune dahin und ich spürte, wie sehr ich ihn noch mochte. In meinem Liebeskummer verzog ich mich nach Hause, wo ich in dieser Nacht lange mit Mutti über meine

Zukunft redete. Heirat, Kinder, Häuschen im Grünen… Das alles konnte ich knicken, dieser Traum war ausgeträumt.

Was blieb? Sollte ich mich im Schulbetrieb irgendwo in Deutschland anstellen lassen und den Kids die Biologie so lange beibringen, bis ich mit 67 Jahre in Rente ging?

»Am besten fährst du erst einmal in Urlaub, danach kannst du dir in Ruhe überlegen, was du weiter machen willst«, schlug mir Mutti vor.

Ich protestierte:»Nein, ich hab kein Geld. Ich muss meine Bewerbungen schreiben und sehen, was danach kommt.«

Mutti hatte andere Pläne. Sie verschwand in ihrem Schlafzimmer und kam mit einem Bankauszug wieder heraus. Wortlos legte sie ihn mir aufgeblättert auf den Tisch.

30.000 Euro waren dort gutgeschrieben! So viel Geld!

Wie kam meine Mutti, die als Krankenschwester wahrlich nicht viel verdiente, zu so viel Geld?

»Ich habe es für dich gespart«, klärte sie mich auf,»ich wollte, dass du damit einen Neuanfang nach deinem Studium machen kannst. Nimm es und mach dir ein paar schöne Wochen. Fahr weg, in Urlaub, irgendwohin!«

Das wollte ich auf keinen Fall. Stattdessen schlug ich Mutti vor, sich selbst einen schönen Urlaub zu gönnen und das Geld auf den Putz zu hauen. »Nichts da«, widersprach sie vehement, «es gehört dir. Mach mir die Freude und erfüll dir deinen größten Wunsch!«

»Weißt du, was mein größer Wunsch ist?«, fragte ich. »Sizilien! Ja, ich würde so gerne wieder nach Sizilien fahren!«

Mutti lächelte: »Das habe ich mir gedacht. Ich kenne deine Bücher, weiß, dass du Italienisch gelernt hast und dass du dir bei Ebay eine alte Landkarte von der Insel gekauft hast, die über deinem Bett hängt!«

»Das alles hast du bemerkt?«, wunderte ich mich über meine Mutter. Sie nickte.

Am nächsten Tag buchte ich den Flug von Hamburg über Amsterdam nach Rom und weiter nach Palermo. In meinem Eifer vergaß ich den Rückflug, aber den brauchte ich gar nicht mehr: Ich blieb auf der Insel, kaufte mir meinen alten Bauernhof mit meiner Villa Griegenta und entwickelte ein Konzept, mit der Käse- und Olivenölherstellung meinen Lebensunterhalt zu sichern.

Mutti war nicht überhaupt begeistert: »Warum kommst du nicht wieder nach Deutschland? Du kannst als Beamtin viel Geld verdienen und brauchst dir um deine Zukunft keine Sorgen zu machen.

Auf Sizilien bist du nicht abgesichert. Dort herrscht eine so große Arbeitslosigkeit, dass die jungen Leute von da auswandern, habe ich in den Nachrichten gesehen!«

»Stimmt, Mutti. Aber es ist Liebe, magic love! Ich kann nicht anders! Ich bin hier zu Hause! Außerdem kannst du in deinem Urlaub immer zu mir kommen!«

Sie gab nach und versprach zu kommen. Einmal, zehn Mal, fünfzig Mal. Doch gekommen war sie nie.

Und ich? Ich hatte längst die Lust verloren Deutschland wiederzusehen und die alten Wunden wieder aufreißen zu lassen. Also blieb es bei Telefonaten, beim SMS- und E-Mail-Schreiben.

Die einzige, zu der ich außer zu meiner Mutter noch intensiven Kontakt hatte, war Merle, meine »B.F.«, meine »best friend«. Wir telefonierten und schrieben uns zwar regelmäßig, hatten uns aber nie wieder gesehen, seit ich aus Deutschland weg war.

Merle war Tierärztin und arbeitete als engste Mitarbeiterin eines international bekannten Unternehmers. Ein Job mit wenig Freizeit, die sie im Wesentlichen damit verbrachte, sich junge Lover ins Haus zu holen und sich mit ihnen zu vergnügen.

Wenn ich sie deswegen rügte, machte sie sich über mich lustig und lachte mich aus: »Du Dummerchen«, scherzte sie, «träum weiter. Vielleicht sind die Sicilyboys ja anders als unsere Jungs und stehen wirklich nicht auf One-Night-Stands, aber das glaube ich nicht. Männer sind so, wie sie sind und wir Frauen sollten sie uns schnappen, bevor sie vom Markt sind!«

Was ich an Merle besonders schätzte, waren ihre Klugheit, ihre Ehrlichkeit und ihre Offenheit. Ihr konnte ich alles erzählen. Ihre Ratschläge waren immer gut und brachten mich weiter.

Gerade am Anfang meines Sizilienaufenthaltes lief nicht alles glatt. Woher würde ich die beste Schafsmilch für meine Produktion bekommen?, fragte ich mich.

»Am besten erkundigst du dich bei deinem Vorbesitzer. Der hat doch eine Herde«, gab mir Merle als Rat. Richtig, Fabio, das hatte ich ihr kurz nach dem Kauf meines Grundstücks erzählt, züchtete tatsächlich Schafe und verkaufte sie auf dem Markt. Würde er mir wirklich helfen können, oder hatte er zumindest einen Rat?

Ja, antwortete Fabio auf meine Anfrage, aber er würde seine Tiere bald verkaufen und sich nur noch um den Anbau von Gemüse und Obst kümmern, dann wäre es mit einer Lieferung vorbei. Ein Jahr ging es gut, dann gab Fabio seine Schafzucht tatsächlich auf und ich stand da.

Wieder war es Merle, die einen Vorschlag machte: »Was hältst du von Matteo? Der hat doch Schafe, hast du mir erzählt!« Wieder einmal hatte sie Recht. Matteo freute sich riesig über mein Angebot und war seitdem mein Milchlieferant.

7

Zunächst war es nicht leicht gewesen, die Freundschaft von Matteo zu gewinnen. Da man auf Sizilien schnell ins falsche Licht gerückt wird, musste man gehörig aufpassen.

Mit anderen Worten: Keine Frau durfte einen Mann mir-nichts-dir-nichts zu sich nach Hause einladen, wollte sie ihren guten Ruf behalten.

Nur dringende Ausnahmen erlaubten solche Treffen.

Ich musste deshalb einen Grund finden, um Matteo zu mir zu locken, ohne dass er hinter meinen Einladungen mehr vermutete.

Das war schwierig, denn ich musste ebenfalls das Getratsche der Dorfbewohner fürchten, auf deren Zuneigung ich angewiesen war.

Also ließ ich mir etwas einfallen und rief Fabio an. Da mein elektrisch betriebenes Gartentor manchmal nicht funktionierte, fragte ich ihn, ob er einen Elektriker kannte, der mir helfen konnte.

Fabio, clever wie die meisten Sizilianer, wusste natürlich sofort, wer der richtige für diesen Job wäre, er selbst, und pries seine Künste an.

Ich beschloss seine Hilfe anzunehmen. Das war gar keine schlechte Idee, denn Fabio verstand wirklich etwas von der Elektrik und, schwuppdiwupp, funktionierte dieses verdammte Tor wieder 1a. Zum Dank drückte ich ihm 20 Euro in die Hand, die er natürlich erst ablehnte und danach glücklich einsteckte. »Grazie, Anna«, sagte er und wollte gerade gehen, als ich ihn noch zu einem Espresso einlud.

Wie alle Italiener, sagte er natürlich nicht nein, sondern machte es sich in meiner Cucina bequem, während ich die kleinen Tassen aus dem Schrank holte und mich an den Espresso machte.

Nun wollte ich meine Chance nutzen und mehr über Matteo erfahren und auskundschaften, wie ich seine Freundschaft gewinnen konnte, ohne dass es zu einem fiesen Gerede im Dorf käme.

»Meinst du den Schafhirten Matteo?«, fragte er ein wenig irritiert, »den, der an der Autostrada nach Canicatti wohnt?« Ich blickte stumm vor mich hin, bediente die Espressomaschine und raunte ihm zu: »Ja, den meine ich.«

»Woher kennst du ihn?«

»Ich kaufe ihm jetzt die Milch für meinen Käse ab«, erwiderte ich möglichst unauffällig.

Fabio war Gott sei Dank zu unsensibel, um mein Interesse an Matteo zu bemerken. Also redete er drauflos, erzählte mir von dessen unglücklicher Liebe, und dass er seitdem keine Frau mehr gehabt hatte. »Er ist ein feiner Kerl. Ehrlich und hilfsbereit, aber seltsam.« Mehr sagte er nicht. Lieber wollte er nach Hause zu seiner Elena und den fünf Kindern und machte sich auf den Heimweg.

Ich hatte genug gehört. Jetzt war ich schon ein Stück weiter gekommen.

Das war lange her, seitdem hatte sich Einiges geändert und Matteo und ich waren längst gute Freunde geworden, die sich gegenseitig unterstützten.

Nun aßen wir also beide von den Leckerbissen, die mir Matteo mitgebracht hatte. Zwischendurch fragte er mich ein paar Mal, ob er mich zum Arzt oder ins Krankenhaus fahren sollte, was ich jedoch ablehnte: »Ist nur 'ne kleine Erkältung«, versuchte ich ihm einzureden.

Er gab sich damit zufrieden, drängte zum Aufbruch und begleitete mich bis zu meinem Schlafzimmer: »Ich gehe noch mit Bianco spazieren und anschließend nach Hause. Ruf mich an, wenn du mich brauchst.«

8

Die Sonne erhob sich soeben über den Hügeln, als ich erwachte. Ein wunderschöner Anblick, der mich jeden Tag aufs Neue ins Schwärmen versetzte mit seiner geheimnisvollen und magischen Ausstrahlung – so wie mich alles Sizilianische verzauberte: diese wundervolle, unveränderte Natur, die Menschen, die so gefühlvoll, herzlich und ehrlich miteinander umgingen…

Was für eine faszinierende Welt war Sizilien!

Ein echtes Paradies!

Das Aufstehen machte mir heute weniger Probleme. Zwar schmerzten meine Arme und Beine noch ein wenig, insgesamt aber glaubte ich, das Fieber und die Gliederschmerzen bald überwunden zu haben.

Gut gelaunt verließ ich mein Zimmer und ging nach unten, wo Bianco auf mich wartete. Ein Blick in seine Näpfchen zeigte mir, dass Matteo ihm am Abend zuvor noch zu trinken und zu fressen gegeben hatte und ich mir deshalb erst einmal beruhigt einen leckeren Espresso machen und einen Toast rösten konnte.

Kaum hatte ich gefrühstückt, erkundigte sich Matteo am Telefon nach meinem Befinden. »Alles gut, mir geht es besser. Ich mache jetzt einen Spaziergang mit Bianco und werde mich danach vor den Kamin setzen und ausspannen.«

Das gefiel ihm: »Wenn du willst, kann ich etwas für dich kochen. Worauf hast du Appetit?«

Ich lehnte ab: »Nein, danke, ich will nichts essen. Ich mache mir später eine Suppe, das reicht.«

Als ich nach dem Spaziergang wieder in meinem Sessel vor dem Kamin saß, wurde ich melancholisch.

Weihnachten stand vor der Tür und ich war alleine. Gut, ich hatte Freunde, aber ersetzten die meine Familie?

Und was war mit Matteo? War er für mich wirklich »nur« ein Freund, oder mehr? Und war ich womöglich mehr für ihn als gut war?

Meine magischen Zukunftskarten hatten ihm ganz klar eine neue, eine große Liebe vorausgesagt, die halten würde. Das stand fest und daran gab es nichts zu rütteln.

Wer war diese Frau? So viele ledige Frauen gab es in unserer Gegend nicht. Die meisten waren in unserem Alter verheiratet, eine sogar schon verwitwet, und die hatte null Bock auf einen neuen Mann.

Was wusste ich noch über diese Frau? War sie blond oder dunkelhaarig, jung oder älter, alleinstehend, mit Kindern…?

Obwohl ich angestrengt nachdachte, fiel mir keine Antwort ein.

Also wurde es mir schließlich zu bunt und ich beschloss, meine Séancekarten erneut daraufhin zu befragen.

Ein bisschen unsicher holte ich die Utensilien hervor, deckte den Tisch ein, zündete die Kerzen an und breitete die Zukunftskarten aus. Dann konzentrierte ich mich auf die Frage, die mich so sehr beschäftigte: »Bin ich bald mit Matteo zusammen?«

Ich vermischte meine Karten mit der linken, der Zukunftshand, und nahm zehn Stück aus dem Stapel heraus, die mich intensiv ansprachen und die etwas Wärme abgaben.

Nun legte ich sie in der Reihenfolge aus, die ich von meiner Großmutter erlernt hatte.

Was ich nun sah, überraschte mich: nein! Wir würden nicht zusammenkommen! Aber er stand nahe bei mir und ganz dicht neben einer anderen, einer dunkelhaarigen Frau!

Wer war diese Unbekannte? Sie musste eine Verbindung mit Matteo und mit mir haben, das stand fest! Ich ging im Geiste alle Frauen im Dorf durch, dazu noch die Frauen aus der Stadt, die ich kannte, doch niemand kam ernsthaft in Frage.

Hatte ich mich getäuscht? War mein Wunsch, Matteo glücklich zu sehen, größer als meine sinnliche Spiritualität?

Ich versuchte auf eine andere Weise eine Antwort zu finden und beschloss, mir diesmal selbst die Karten zu legen und meine eigene Zukunft in Sachen Liebe herauszufinden. Wieder mischte ich meine geliebten Schicksalskarten und hielt mich an das bewährte Ritual.

Das Ergebnis war eindeutig: Ja, auch ich würde bald glücklich werden. Es gab einen Mann, der mich liebte und den ich lieben würde, der aber nicht in meiner Nähe war. Es wäre eine Beziehung mit Hindernissen und nicht ohne Probleme. Letzten Endes würden wir sie meistern.

Und noch etwas stand fest: Dieser Mann war nicht Matteo!

Sollte ich mich nun darüber freuen oder nicht?

Ich wusste es nicht und konnte mir keinen Reim auf meine Karten machen. Ein Mann, der anscheinend weit weg von mir wohnte, würde mein nächster Lover werden!

Das passte doch gar nicht zu mir! Ich ließ mich nicht so schnell einfangen!

Außerdem: Wer hatte schon Lust, in meine Einöde zu ziehen, fernab von der Zivilisation einer solchen Megacity wie Hamburg oder Berlin?

Nein, wahrscheinlich war ich wegen der Erkältung nicht topfit und kam deshalb nicht genügend in Trance, um die Wahrheit zu erkennen. Ich sollte das Ritual wiederholen, wenn es mir besser ginge.

Um mich abzulenken, rief ich Mutti an. Sie merkte natürlich gleich, dass es mir nicht gut ging und fragte nach: »Hast du Fieber? Nimmst du Tabletten? Hast du eine Wärmflasche zu Hause, und was hältst du von einem Wadenwickel...?«

Ich antwortete ehrlich und kam dann auf Matteos Tiere zu sprechen. »Das ist ja furchtbar«, erschreckte sich meine Mutter, »was habt ihr unternommen, um den Schafen zu helfen? Habt ihr den Tierarzt gerufen?«

Ich verneinte und erklärte ihr, wie weit der nächste Veterinär von uns entfernt war, und dass Matteo eine andere Lösung finden müsste, um eine Epidemie zu verhindern.

Für eine Hamburgerin, die an jeder Ecke einen Spezialisten findet, war unsere Situation schwer begreifbar: »Also, Kind, das verstehe ich nicht. Ihr habt Tiere en masse, und wenn eins krank wird, ist niemand da, der euch helfen kann!«

»Viel Glück und viele Grüße an Matteo unbekannterweise«, beendete sie unser Telefonat, »halt mich auf dem Laufenden. Vielleicht kann ich mit meinem Chef reden und vielleicht hat der eine Idee. Oder Merle, die ist doch Tierärztin. Frag sie! Merle weiß immer Rat!«

Das stimmte, warum war ich nicht schon früher auf die Idee gekommen? Schnell wählte ich ihre Nummer, bekam aber nur den AB zu hören und legte wieder auf, ohne darauf gesprochen zu haben.

Plötzlich fiel mir ein, dass ich Matteo noch nicht nach seinen Schafen gefragt hatte. Er sorgte sich um mich – und ich dachte nur an mich! Beunruhigt rief ich ihn an.

Er klang erschöpft: »Ich glaube, wieder ist eins meiner Lämmer krank, es kann nicht aufstehen und frisst nicht. Hoffentlich stirbt es nicht.« Auf die Frage nach dem Tierarzt reagierte er kaum.

Ja, er hätte mit dem Tierarzt in Palermo telefoniert, erklärte er, doch hätte der keine Zeit gehabt und wollte ihn möglichst bald zurückrufen. »Seitdem warte ich, dass er sich meldet.«

Ich bat ihn, mich auf dem Laufenden zu halten und bot ihm an, gegebenenfalls selbst zu dem Arzt nach Palermo zu fahren, um dort Medikamente zur Behandlung der Tiere zu holen.

Matteo lehnte ab. Er hielt meine Erkältung für zu gefährlich, um so eine strapaziöse Strecke auf mich zu nehmen: »Du, weißt, es ist Dezember. Jetzt kann es bei den kalten Temperaturen sogar bei uns in den Bergen und an der Küste Schnee geben! Der Ätna ist schon seit Tagen ganz weiß.«

9

Die nächsten Tage kümmerte ich mich viel um mich selbst, damit sich aus der Erkältung keine ernsthafte

Grippe entwickelte. Mit Tabletten, heißen Getränken, Suppen, Spaziergängen und Ruhe schaffte ich es, dass es mir langsam besser ging. Zwar fröstelte ich noch oft, schlief nachts aber weitgehend durch.

Matteo erzählte mir, dass es jetzt keine neuen Krankheitsfälle in seiner Herde gab und er inzwischen wieder mit dem Tierarzt geredet hatte, der ihm die notwendigen Medikamente schicken wollte. »Sie werden bald kommen, hat der Arzt gesagt. Vielleicht war es sowieso nur eine der normalen kleinen Erkrankungen, so etwas kommt schon mal vor.«

Mir reichte diese Erklärung nicht: »Sei mir nicht böse«, sagte ich ernst, »aber lass uns die Milchversorgung für die nächste Zeit stoppen. Erst wenn alle Schafe gesund sind, machen wir weiter. Ich brauche zurzeit sowieso keine Milch, weil ich bis Februar nicht arbeiten werde. Bis dahin wird die Krankheit bestimmt besiegt sein.«

Ich spürte, dass ihn mein Vorschlag traurig gemacht hatte. Dennoch war Matteo so vertraut mit den »normalen« Erkrankungen seiner Tiere, dass er zustimmte.

Zu meinem Erstaunen legte er den Hörer anschließend ohne Abschiedsworte auf.

Eine knappe Stunde später rief mich Matteo wieder an und erzählte mir, dass er den Tierarzt unter Druck gesetzt hatte: »So geht es nicht weiter«, hatte er dem Arzt gesagt, »die Medikamente sind noch nicht da. Wenn Sie jetzt nicht handeln, haben wir bald ein Massensterben und Sie sind dafür verantwortlich!«

Sofort hätte der Arzt ein neues Paket mit Serum zur Impfung der gesamten Herde zugesagt und Matteo könnte mit der Lieferung am nächsten Tag rechnen. »Bist du jetzt beruhigt?«

Ja, antwortete ich und erklärte ihm vorsichtig und in einfachen Worten, wie wichtig mir die Gesundheit seiner Schafe wäre, weil sie seine und meine Existenz sicherten. »Hm, ja... Du hast Recht, wie immer...«

»Quatsch«, erwiderte ich. Was Tiere anging, war er tausendmal klüger als ich.

10

Gerade wollte ich mich ausruhen, als mich Lärm hochschrecken ließ. Jemand rüttelte so wild an meinem Gartentor, dass es wohl das ganze Dorf hören musste! Ich schaute hinaus, es war Angelina, die Frau des Restaurantbesitzers.

Eigentlich hätte ich es nett gefunden, wenn sie mich vorher über ihr Kommen informiert hätte, doch das macht man auf Sizilien nicht. Man erscheint, wenn es einem passt, egal, was der Besuchte davon hält.

»Alessandro hat gesagt, dass wir uns treffen können«, schrie sie mir entgegen, noch ehe ich das Tor erreicht hatte und ich mich fragte, weshalb sie so einen Terz machte.

Ach ja, ich erinnerte mich, beide hatten Stress wegen dem Unbekannten, der das Ristorante kaufen wollte und Angelina so viel Trinkgeld gab!

War es nicht Alessandro gewesen, der mich um Rat fragen wollte? Weshalb kam stattdessen seine Frau zu mir?

Das verhieß nichts Gutes. Ich ließ mir nichts anmerken und blieb höflich: »Komm herein, schön, dass du da bist.«

Bei einem Espresso erzählte sie mir ihre Version der Geschichte: Der ewig eifersüchtige Alessandro unterstellte ihr eine Affäre mit diesem Signore Ronaldo und behauptete, sie würde ihn in dessen Auftrag zum Verkauf des Restaurants manipulieren.

»Das ist nicht wahr«, schrie sie aufgebracht und weinte herzzerreißend: »Ich liebe meinen Alessandro über alles! Mehr als die Sterne und den Himmel!« Klar tat sie das, das wusste jeder.

Dennoch war es sonderbar, dass dieser Deutsche so viel Unruhe mit sich brachte: »Was weißt du überhaupt von dem Mann?«, fragte ich Angelina.

Sie zuckte mit den Schultern: »Nicht viel. Dass er sagenhaft viel Kohle hat. Oben in den Bergen wohnt. Einen teuren Wagen fährt. Einen Maserati, glaube ich.«

»Und du weißt, dass er dir gutes Trinkgeld gibt!«, versuchte ich sie aus der Reserve zu locken.

»Ja und?«, fauchte sie und konterte: »Das beweist, dass es ihm bei uns gut schmeckt!"

Ja, das stimmte. Doch was hatte diese Geldschwemme zu bedeuten? Ich wollte mehr von dem Kaufangebot wissen, von dem die Rede gewesen war. Gab es überhaupt ein solches Angebot, oder war das bloß eine Spinnerei von Alessandro?

»Doch«, behauptete Angelina. »Er hat uns ein Schreiben gezeigt, in dem er 250.000 Euro in bar zahlt, wenn wir ihm unser Restaurant überlassen. Wir müssten nur unterschreiben!«

»Quatsch! So schnell kauft doch keiner ein Restaurant für so viel Geld!«, rief ich ungläubig und war mir nicht sicher, ob die zwei die Juristensprache überhaupt verstanden hatten.

»Doch, es war in Italienisch und wir haben es beide gelesen, wir sind doch nicht doof!«, ereiferte sich Angelina gereizt, die meine Gedanken wohl erraten hatte.

Ich blieb ruhig, versicherte ihr, dass ich ihr in keinster Weise solch eine Ungeheuerlichkeit unterstellt hätte und fragte nach der Summe: »Seid ihr sicher, dass ihr wirklich so viel Geld bekommen solltet?«

Sie nickte und schaute mich böse an. Mir war unklar, warum ein Unbekannter einem ganz normalen Restaurantbesitzer diese Höchstsumme zahlen wollte, ohne dass es dafür einen offensichtlichen Grund gab. Also fragte ich nach dem Schriftstück, um es selbst zu lesen.

Nein, es wäre weg, erzählte Angelina, warum auch nicht? Ich wäre sowieso genauso wenig ein Jurist wie ihr Alessandro! »Er hat es zerrissen«, verkündete sie voller Stolz, weil ihr Mann zu dieser »Heldentat« fähig gewesen war.

Ich empfand die Aktion eher als kindisch, hielt mich damit aber nicht auf: »Ist dieser Signore Ronaldo Deutscher? Was weißt du über ihn?« Sie nickte. »Ein Tedesco, sì.«

Irgendwie klang dieser Satz diskriminierend und ich fragte mich, wieso sie, die Deutsche, so verächtlich von einem anderen Deutschen sprach. Fühlte sie sich inzwischen als »richtige« Sizilianerin? Wahrscheinlich, denn so feurig, wie sie fühlte, entsprach sie tatsächlich dem Bild einer sizilianischen Ehefrau und Mama.

Erstaunt hörte ich, dass dieser Signore Ronaldo noch immer täglich bei ihnen essen ging und jedes Mal geradezu fürstlich bewirtet wurde, dass er weiterhin übermäßig viel Trinkgeld gab, welches Angelina völlig ungeniert annahm:

»Warum nicht?«, fragte sie fast trotzig, »Geschäft ist Geschäft!«

Ihr Mann sah das nicht so. Er war seit dem Kaufangebot nicht mehr derselbe, schrie seine Frau oft an, blieb immer häufiger von Zuhause weg und betrank sich dermaßen, dass seine Küchenleistung darunter litt.

Das Schlimmste: »Gestern ist er aus dem Schlafzimmer ausgezogen«, Angelina schluchzte und schluchzte, »mein Alessandro! Wie kann er mir das nur antun? Wahrscheinlich will er sich scheiden lassen! Hilf mir, Anna, bitte!«

Wie sollte ich ihr helfen? Für mich gab es nur eins: abwarten und Tee trinken. Wahrscheinlich spielte dieser hitzköpfige Alessandro mal wieder den eifersüchtigen Gockel und Angelina nahm dieses Spiel ernst anstatt abzuwarten, bis er sich gefangen hatte!

Alles gute Zureden half nichts und ich erklärte mich schließlich bereit, ihr die Séancekarten auszulegen und absolvierte das ganze Ritual nach den Regeln meiner Großmutter.

Das Ergebnis stand schnell fest: Alessandro würde sich bald wieder beruhigen, man würde die Versöhnung feiern und glücklich sein.

Für mich war die wichtigere Frage die nach dem Restaurant. Natürlich drängte mich Angelina, die Antwort darauf zu finden, und obwohl ich mich innerlich dagegen sträubte, gab ich nach und wurde tatsächlich fündig:

Alles würde gut werden. Zudem gab es viel Geld für Angelina und Alessandro, und irgendwie spielte dabei noch eine andere Person, eine Frau?, eine entscheidende Rolle. »Mehr kann ich dir leider nicht sagen«, sagte ich am Schluss meiner Séance.

Den Rest hatte Angelina schon gar nicht mehr wahrgenommen. Sie schwebte im Liebeshimmel: »Grazie! Mein Alessandro kommt zu mir zurück! Er liebt mich! Alles wird gut«, jubelte sie wie ein Teenager, stand von ihrem Stuhl auf, umarmte und küsste mich vor lauter Freude.

»Schnell nach Hause, damit du alles vorbereiten kannst, wenn er heimkommt«, rief ich ihr nach, als sie glücklich aus meiner Villa Griegenta davonrannte und währenddessen noch fast gegen das geschlossene Eisentor gestoßen wäre.

»Halt!«, schrie ich aus Leibeskräften und konnte deswegen Schlimmeres verhindern. Sie stutzte, wartete, bis ich das Tor mit dem elektrischen Knopf geöffnet hatte und rannte schnurstracks zu ihrem Auto, um von dannen zu fahren.

Meine Melancholie holte mich ein. Nun hatte ich also eine Frau glücklich gemacht und ich selbst fühlte mich einsam. Warum wurde ich dieses blöde Gefühl nicht los?

Wieder griff ich zum Telefon und versuchte Merle zu erreichen, wieder erwischte ich nur die Mailbox und bat um ihren Rückruf.

Dann legte ich mich schlafen, obwohl ich noch nicht richtig müde war.

11

Am frühen Abend wachte ich auf. Ich fror, obwohl die Bettdecke dick und für den Winter geeignet war. Anscheinend war ich noch immer nicht fit und schluckte noch mehr meiner Medikamente, die aber anscheinend nur wenig Wirkung zeigten. Sollte ich die Dosis erhöhen? Nein, ich musste so weitermachen wie bisher. Vielleicht dauerte es diesmal schlichtweg länger, bis die Tabletten anschlugen? Und vielleicht fühlte mich deshalb zurzeit so schlapp und melancholisch!

Dagegen musste ich etwas unternehmen. Ich wollte mich nicht gehen lassen, dazu gab es keinen Grund.

Was wäre, wenn ich über Weihnachten zu meiner Mutter führe? Würde mich das froh machen? Sie sehnte sich so sehr nach einem Wiedersehen mit mir.

Oder zu Merle nach Schwerin fahren? Dann könnte ich anschließend noch bei Mutti in Hamburg reinschauen.

Ach nee. Nicht Deutschland.

Wie wäre es stattdessen, wenn ich mir Rom anschaute und auf dem Petersplatz die Christmette live miterlebte? Florenz, Turin, Mailand – es gab so viele aufregende Städte in Italien, die ich noch nicht besucht hatte und die wunderschön waren!

Nein, Wegfahren war keine Alternative. Auf Sizilien, hier in meiner schönen Villa Griegenta, war ich zu Hause, in meiner Nähe waren Bianco, Matteo, Angelina und Alessandro und all die anderen, die meine Freunde waren.

Es war schlichtweg normal, nicht immer nur glücklich, sondern auch mal traurig zu sein, und meine schlechte Stimmung wäre sicher bald vorbei, tröstete ich mich.

Mein Handy klingelte: »Pronto?«

»Bist du okay?« Matteos Stimme klang freundlich, wie immer. Er wollte wissen, ob ich genug gegessen und getrunken hatte, meine Medikamente eingenommen und gut geschlafen hatte, ob ich spazieren gegangen wäre...

Ich beantwortete alle Fragen ehrlich und machte ihm den Vorschlag vorbeizukommen und gemeinsam mit mir zu essen.

Er verneinte: »Keine Zeit. Ich muss zu meinen Schafen, vorhin ist wieder eins gestorben und die Päckchen vom Arzt sind noch nicht da.«

»Soll ich morgen nach Palermo fahren und dir neue Medikamente holen?«

»Nein«, erwiderte er, ich wäre krank und sollte das Bett hüten. »Wenn die Pakete morgen noch immer nicht eingetroffen sind, fahre ich selbst und hole die Medikamente aus Palermo!«

Lautes Bumpern weckte mich am nächsten Morgen aus meinem Schlaf. Immer wieder hämmerte einer gegen mein Eingangstor. Hörte dieser Lärm überhaupt nicht mehr auf!? Obwohl die Fenster geschlossen waren, vernahm ich dieses Getöse und war mächtig sauer über den Krach. Mein Kopf tat weh, meine Nase lief, meine Glieder schmerzten, ich fühlte mich nicht gut.

Trotzdem ging ich die Treppe hinunter zur Haustür, um von dort aus zu sehen, wer sich dermaßen ungehobelt bemerkbar machte und - meine Uhr zeigte vier Uhr – erkannte meine Besucherin: Angelina. Mit einem Eisenrohr hieb sie immerzu, wie eine Wilde, auf mein Tor ein und ließ erst davon ab, als sie mich in meinem Jogginganzug sah. »Anna, Anna!«, schrie sie aufgeregt.

Ich ging ihr entgegen, obwohl ich null Bock auf sie hatte. Ihr verweintes Gesicht sorgte dann für Verständnis: »Was ist los?« Schluchzend stürzte sie sich in meine Arme.

»Komm rein, wir machen uns einen Espresso«, murmelte ich und stützte sie während des Gehens. Angelinas Tränen flossen in Strömen, mühsam wischte sie sich mit ihrer kleinen Hand übers Gesicht.

Schnell erfuhr ich den Grund: Alessandro war in der vergangenen Nacht aus dem gemeinsamen Haus ausgezogen, weil er immer noch glaubte, sie hätte mit dem Fremden ein Verhältnis. »Dabei hatte ich mich nur für ihn so hübsch gemacht.«

Als sie Alessandro in ihrem schicken roten Minikleid und schön geschminkt empfangen hätte, wäre er ausgeflippt, hätte sie eine Hure genannt, seine Koffer gepackt und sie sogar noch mit ihrer schönsten Vase, »die wir von meinen Eltern zur Hochzeit geschenkt bekommen haben«, beworfen.

So böse hätte sie ihn noch nie gesehen, sagte sie, während sie sich mit einer Hand ihren Hinterkopf hielt. Ich schaute nach, konnte aber keine Beule entdecken und vermutete einen ihrer theatralischen Auftritte.

Trotzdem machte ich mir inzwischen Sorgen um die beiden und begann an meiner gestrigen Aussage zu zweifeln: Hatte ich die Séancekarten falsch interpretiert und war mir ein Riesenfehler unterlaufen?

Angelina machte mir keine Vorwürfe, sondern versank in Selbstmitleid. Fast hätte ich gelacht. Ich konnte mir das echt vorstellen: Die kleine dicke Angelina, und ihr kleiner Alessandro streiten sich wie die Kesselflicker, schließlich wirft er mit der Vase um sich, sie schreit und wehklagt wie von Sinnen. Ein hochimpulsives Paar, beide voller Liebe und Eifersucht. Italian love, Magic Love.

Ich nahm die verzweifelte Angelina liebevoll in die Arme und tröstete sie: »So schnell geht er nicht. Er liebt dich! Dich und eure Bambini!«

Meinen Trost überhörte sie: »Meine Süßen müssen jetzt ganz ohne ihren Papa aufwachsen! Nur mit ihrer Mama!«

Ich war hilflos. Wie konnten Angelina und Alessandro so ein Drama aus dieser Situation machen? Sie sollten sich lieber freuen, einander zu haben und sich aufeinander verlassen zu können. Aber dieses Glück sahen beide manchmal nicht.

Also mischte ich mich ein: »Alora, ich werde mit Alessandro reden und du gehst jetzt nach Hause und weinst nicht mehr. Wenn er dich so sieht, bleibt er gleich weg und du kannst dir ´nen Neuen suchen.«

Ungläubig sah sie mich an, nickte dann und hörte auf zu weinen. »Ja, ich gebe nicht auf. Ich will nur ihn. Meinen Alessandro!«

Nach einem schnellen Küsschen machte sie sich auf den Heimweg und ich nahm mir vor, möglichst bald zu Alessandro zu fahren und ihn zur Rede zu stellen.

Wieder machte ich mir einen Tee und ging zur Entspannung mit Bianco spazieren, kam aber nicht weit, weil mir mein Kreislauf zu schaffen machte und meine Kopfschmerzen immer schlimmer wurden. Da ich nichts Besonderes vorhatte, wollte ich mich ausruhen und verzog mich in mein Schlafzimmer.

In meinem Kuschelbett dachte ich lange über die beiden nach. Warum machten sie sich das Leben so schwer? Warum waren sie nicht glücklich und stellten ihre Liebe so oft in Frage?

Das passte doch gar nicht zusammen. Konnte ich, die Außenstehende, ihnen überhaupt helfen, oder mussten beide ihre Probleme selbst lösen?

Tja, so ist das auf Sizilien. Jeder ist für seine Freunde da und ihre Probleme sind irgendwie die eigenen. Von dieser Hilfsbereitschaft hatte ich selbst oft profitiert, schon ganz am Anfang:

Damals kannte ich die alltäglichen Schwierigkeiten noch nicht und stand ihnen meist hilflos gegenüber. Beispielsweise, als der Strom an einem Morgen weg war. Einfach so. Ich sah nach den Sicherungen, die alle intakt waren und konnte mir keinen Reim darauf machen.

Also wählte ich die Telefonnummer des Unternehmens, das den Strom lieferte. Mindestens fünfzigmal versuchte ich Kontakt zu bekommen, vergebens. Niemand war zu sprechen, anscheinend keiner im Betrieb.

Weil ich inzwischen auf einhundertundachtzig war, knallte ich irgendwann den Hörer wütend auf die Gabel und rief Fabio an, den Grundstücksverkäufer, Matteo kannte ich zu dem Zeitpunkt noch nicht.

Fabio lachte schallend, als er mein Problem hörte und versprach sofort zu kommen. Daraus wurden zwei Stunden Wartezeit – wie es auf Sizilien üblich ist, denn man kommt, wenn man will. Ihm deswegen Vorhaltungen zu machen, wäre jedoch grundfalsch gewesen und hätte unsere Freundschaft womöglich ruiniert. Also schwieg ich und freute mich, als er endlich erschien.

Anstatt groß zu reden, zog er mich nach draußen, auf den Weg, der zur 640 führte und zeigte auf einen der Strommaste:»Lies!«, forderte er mich auf, und was ich da las, hätte ich früher für undenkbar gehalten:

Dort klebte ein Zettel, auf dem stand, dass es bis zum heutigen Nachmittag wegen Bauarbeiten keinen Strom gäbe!

»Warum machen die das?«, wollte ich von Fabio wissen.

Der lachte:»Weil es bei uns keine Postboten gibt, und weil nicht jeder eine App auf seinem Handy hat. Lesen aber kann jeder!«

Seitdem war ich schlauer und stellte mich auf die sizilianischen Verhältnisse besser ein. Meinen Müll, beispielsweise, brachte ich tagsüber in Tüten zu den überall aufgestellten Containern, die nachts zwischen null und ein Uhr geleert wurden. Richtige Mülltonnen, Bio- oder gelbe Tonnen gab es sowieso nicht, Straßennamen nur selten, Hausnummern gar nicht.

Trotzdem fand man denjenigen, den man suchte, und wenn wir Briefe und Pakete erwarteten, fragten wir beim örtlichen Postamt nach, wo sich zumeist Rentner, die früher in Deutschland gearbeitet hatten, ein Zubrot verdienten.

Stolz, weil sie noch ein paar Brocken Deutsch konnten, versuchten sie oft ein kleines Gespräch in Gang zu bringen und waren für jedes Lob dankbar.

Tolle Leute, waren das! Grazie! Ich werde euch nie vergessen!

Ach ja, die Sizilianer! Sie sind ein ganz besonderes Volk. Stolz, würdevoll, voller Lebenslust und Hilfsbereitschaft. Wunderbar!

So wie Alessandro und Angelina, die zu den feurigsten Paaren der Gegend zählten und beide immer mit dem Kopf durch die Wand wollten. Um Schlimmeres zu verhindern, wollte ich mich einschalten und Frieden schaffen. Wie sollte ich das anfangen?

Am nächsten Morgen einfach so im Restaurant vorbeigehen und Alessandro in ein Gespräch verwickeln, oder ihn gezielt fragen, wo das Problem wirklich lag?

In meiner Not rief ich Merle an, meine allerbeste Freundin. Vielleicht hatte sie eine Idee?

Merle freute sich riesig über meinen Anruf und wollte wissen, ob ich mich immer noch auf der Insel wohl fühlte. »Ja, und wie!«, stellte ich klar und lud sie zu mir ein: »Überzeug dich selbst. Warum kommst du nicht auf ´nen Sprung rüber? Mit dem Flugzeug bist du in drei Stunden in Catania! Von dort ist es nicht weit, vielleicht zweieinhalb Stunden!«

»Okay, null problemo«, erwiderte sie zu meiner Verblüffung. »Mal schauen, wann es klappt. Vielleicht zu Weihnachten?«

»Echt?«, fragte ich überrascht und feixte: »Hast wohl gerade keinen neuen Lover, was?«

Merle lachte: »´nen neuen Lover? Um Gottes Willen, nein! Verschon mich mit den Typen! Die können mich mal... Ich komme lieber zu dir und wir feiern zusammen mit allem, was dazu gehört: Tüdelüt und Chichi!« Super fand ich ihre Idee. Merle bei mir zu haben, das war cool!

»Na, Süße, was gibt es sonst Neues?«, fragte sie mich, »du klingst gar nicht gut. Bist du immer noch erkältet?«

Ich bejahte. »Pass auf dich auf, Süße«, mahnte sie, »ich brauch dich noch!« Dann schlug sie mir alle möglichen Tabletten, Säfte, Salben vor und empfahl, mir dazu noch einen Lover zu suchen, »dann wirst du schnell gesund!«

Nun waren wir bei dem Thema, weshalb ich sie angerufen hatte und ich erzählte ihr von meinen Sorgen um Alessandro und Angelina.

Sie nahm das Problem nicht ernst: »Oh, ein feuriger Sizilianer, der auf den Putz haut!«, lästerte sie, »drunter machst du es wohl nicht!«

»Kannst du bitte mit deinen Scherzen aufhören? Ich habe wirklich Angst, dass sie sich trennen!«, forderte ich sie auf. Merle blieb, wie immer, ganz cool: »Glaub ich nicht«, sagte sie, »der Typ ist doch ganz nett. Wahrscheinlich zieht der nur ´ne Show ab, um sich wichtig zu machen. Die Sizilianer sind ganz gehörige Schlitzohren.«

Schlitzohren? Nee, dafür war der Streit zu ernst! Okay, Merle konnte mir nicht helfen. Und überhaupt: Woher wollte sie, die über 3.000 Kilometer von mir entfernt wohnte, überhaupt wissen, wie die Sizilianer ticken? Ich ärgerte mich, sie um ihre Meinung gebeten zu haben.

Wieder wechselte ich das Thema und fragte Merle nach ihrer Mutter, von der ich seit langem nichts mehr gehört hatte. »Die Dame ist mit ihrem Lover auf Weltreise...«, sagte Merle unbeeindruckt, »soll sie. Ich vermisse sie nicht.« Das war's, damit war das Thema für sie erledigt.

Ich fand ihre Einstellung nicht in Ordnung: »Merle, sie ist deine Mutter«, tadelte ich sie, »deine Gleichgültigkeit ist gemein.«

»Das sagst ausgerechnet du?«, machte sie mich an. »Obwohl du dich so wenig um deine eigene Mutter kümmerst!?«

Mir gab das einen Stich ins Herz und ich erschrak. Warum machte sie mir Vorwürfe, was war los? »Ist was mit Mutti?«, fragte ich nervös.

Wieder lachte Merle böse: »Sie ist einsam! Sie ist immer alleine! Wie würdest du dich in so einer Situation fühlen?«

»Aber sie hat nette Kollegen und eine nette Nachbarin«, verteidigte ich mich.

Merle stöhnte. »Ach so, nette Kollegen und eine nette Nachbarin... Das reicht? Die ersetzen also ihre geliebte Tochter, was? Wo lebst du denn?«

Ich fand ihren Vorwurf ungerecht: »Wir telefonieren regelmäßig und unterhalten uns über alles.«

Merle hatte sich in Rage geredet: »Ja, mehr aber nicht. Kümmer dich gefälligst um deine Mutter, sie braucht dich!«

Ich fühlte mich auf der einen Seite zwar unschuldig, war aber auf der anderen Seite alarmiert. Was wusste Merle von Mutti, was sie mir verschwiegen hatte? »Bitte, sag´s mir«, bat ich.

Diesen Gefallen tat sie mir nicht. Mit der Aufforderung »Frag sie doch selbst«, beendete sie das Gespräch, ohne sich von mir zu verabschieden.

Merle war echt meine allerbeste Freundin, aber sie schaffte es immer, mich auf die Palme zu bringen. Auch diesmal, und ich war mir nicht mehr sicher, ob ich wirklich froh über ihren Besuch sein würde?

12

Merle hatte mich verunsichert. Jetzt wollte ich wissen, was mit meiner Mutter los war. Fühlte sie sich krank? Hatte sie finanzielle Sorgen? War ihr Auto kaputt, ihr Job unsicher, sie in Schwierigkeiten?

Mir ließ unser Telefonat keine Ruhe und ich rief bei Mutti an, erreichte sie jedoch nicht. Meine Gewissensbisse wuchsen an, je länger ich mit ihr keinen Kontakt bekam. Was hatte ich falsch gemacht, was versäumt?

Mutti hatte mich alleine großgezogen. Mein Vater zahlte keinen Unterhalt. Er hatte nach der Scheidung die nächstbeste Frau geheiratet und uns abgeschrieben. Trotzdem war ihm Mutti nicht böse: »Er hat mir das größte Geschenk gemacht, das man mir machen konnte, dich!«

Damit war das Thema jedes Mal vom Tisch. Ihre Liebe erstickte mich aber auf Dauer.

Ich wollte selbst etwas auf die Beine stellen und zog deshalb schon bald nach dem Kennenlernen mit Martin zusammen.

Seit ein paar Jahren waren wir inzwischen gut 3.000 Kilometer voneinander entfernt – zu weit für ein Wiedersehen? Zu weit, um wirklich zu erfahren, wie es dem anderen ging? Zu weit, um das Leben des anderen zu teilen?

Ich erkannte, dass sich etwas ändern musste, sollte unser Band weiter bestehen bleiben und nicht zerreißen

13

Die nächsten beiden Tage konnte ich mich nicht länger mit meinem schlechten Gewissen beschäftigen. Zwar versuchte ich ein paar Mal Mutti telefonisch zu erreichen, erreichte sie aber nicht.

Große Sorgen machte ich mir um Matteos Schafe. Zwar war mittlerweile eins der Päckchen vom Tierarzt eingetroffen, doch war Matteo nicht in der Lage gewesen, die richtige Dosierung herauszufinden und hatte mich deshalb um den Gefallen gebeten, diese vom Beipackzettel zu lesen und danach zu verwenden.

Leider schaffte ich das wegen der vielen chemischen Begriffe nur bedingt und war mir nicht sicher, alles richtig verstanden zu haben.

Trotzdem verabreichten wir den Schafe die Dosis, die ich für richtig hielt. Sehnsüchtig warteten wir auf eine Besserung.

Erste positive Ergebnisse gab es tatsächlich nach Tagen der Ungewissheit, Mitte Dezember. Das erste der erkrankten Lämmer konnte wieder stehen!

Wir, Matteo und ich, feierten das Ereignis, als wären plötzlich alle Schafe gesund! So strahlend hatte ich ihn schon lange nicht mehr gesehen, und auch meine

Erkältung schien wie ausgeheilt, so gut fühlte ich mich plötzlich.

Auf Sizilien feiert man immer mit Essen! Also wollte mich Matteo sofort zu sich zum Essen einladen, aber ich war schneller und bestand darauf, dass er zu mir käme und ich ihm sein Lieblingsgericht, Pastaauflauf mit Tomaten, Auberginen, Basilikum und viel Parmesankäse, natürlich mit meinem Olivenöl angereichert!, und als Nachtisch mein Tiramisu zubereitete. Da konnte und wollte er natürlich nicht nein sagen.

Es schmeckte phantastisch und Matteo aß, als hätte er wochenlang nichts mehr in den Bauch bekommen. Auch vom Vino nahm er reichlich, nachdem ich ihm versichert hatte, ihn anschließend nach Hause zu fahren.

Der Vino lockerte seine Zunge, und so redeten und redeten wir stundenlang, lachten über die gleichen Witze und waren uns so nahe wie nie zuvor.

Mitten im Gespräch verdunkelte sich jedoch sein Gesicht. Ohne Vorankündigung erzählte er mir von seiner großen Liebe und das erste Mal hörte ich aus seinem Mund, wie sich der Schicksalsschlag wirklich zugetragen hatte.

Ich war total erschüttert von dem, was ich hörte. Wie er selbst mit ansehen musste, wie seine Frau Maria blutüberströmt auf die Autostrada geschleudert wurde und wie sie ihm mit ihren letzten Worten zuflüsterte, wie sehr sie ihn und das Baby liebte, das sie in ihrem Bauch trug. Was sie nicht mehr erfuhr: Das Baby war durch den Aufprall so schwer verletzt worden, dass es den Unfall ebenfalls nicht überlebte. Nur Matteo kam mit Verletzungen davon, die relativ schnell verheilten. Doch seine Seele war zerstört – »bis ich dich kennen lernte!«

Als er das sagte, bekam ich ein mulmiges Gefühl und fragte mich, ob er mir mit seinen Worten sagen wollte, dass er sich in mich verliebt hatte?

Das durfte nicht sein, das würde unsere Freundschaft ruinieren, davon war ich überzeugt! Also wechselte ich das Thema und wir ließen seine Worte kommentarlos im Raum stehen. Irgendwann ging uns dann der Gesprächsstoff aus und ich brachte Matteo nach Hause.

14

Als Nächstes stand mein »Problempaar« ganz oben auf der Agenda. Ich rief also bei Alessandro und Angelina zu Hause an, um zu hören, was es Neues gab: »Mama ist beim Friseur«, erzählte mir die kleine Melissa, »sie kommt erst spät nach Hause.«

Beim Friseur?, überlegte ich. Was wollte Angelina beim Friseur? So dicke hatten es die beiden echt nicht. Auf der anderen Seite aber gab dieser Signore Ronaldo immer richtig viel Trinkgeld, weshalb sollte sie sich dafür nicht mal was Nettes gönnen? Wahrscheinlich wollte sie sich für ihren Mann schick machen, damit er wieder nach Hause käme. Gut so.

Jetzt war es an der Zeit, mich mit ihm zu befassen. Ich nahm mir vor, so schnell wie möglich in die Stadt zu fahren, den Markt aufzusuchen und bei Alessandro einzukehren.

Im Bett spürte ich, dass meine Erkältung noch immer nicht vorbei war und ich schmiss neue Tabletten rein, um an Weihnachten topfit zu sein.

Komisch, so richtig doll freute ich mich nicht auf das Fest. Warum nicht? Endlich würde ich meine beste Freundin wiedersehen, wir würden lachen und reden und lachen und reden. Was machte mich traurig? War es die Sehnsucht nach Liebe?

Es wäre so einfach: Ich würde mich in Matteo verlieben und bekäme den besten Mann der Welt. Einen, der mich auf Händen tragen und der mich niemals betrügen würde. Und dem ich total vertrauen könnte! Stattdessen streikte mein Herz und ich mochte, ja, ich liebte ihn..., aber nur als Freund, als »B.F.f.«, »best friend forever«!

Mein Handy weckte mich aus meinen Überlegungen. Mutti erkundigte sich nach meiner Erkältung: »Ich hatte heute Spätdienst, deshalb komme ich erst jetzt dazu. Wie geht es dir? Hast du noch Fieber?«

Mir fielen sofort Merles Bemerkungen ein und ich versuchte sie auszuquetschen. Sie ließ sich nicht darauf ein. Alles wäre in Ordnung, sagte sie, zurzeit hätte sie im Krankenhaus sehr viel zu tun, weil die Patienten über Weihnachten nach Hause wollten.

»Ich habe gehört, dass Merle zu dir kommen will?« Ja, bestätigte ich, sie hätte sich angekündigt, wenn sie es zeitlich hinbekäme, wovon ich ausginge. »Schön, dass ihr euch endlich Zeit füreinander nehmt«, freute sich Mutti, ehe sie das Neueste von Matteos Schafen hören wollte.

Plötzlich fiel mir ein, dass ich Mutti schon vor einer Woche das Weihnachtspaket geschickt, aber noch nicht von ihr erfahren hatte, ob es gut angekommen war.

»Och, entschuldige, das habe ich in dem ganzen Trubel völlig vergessen. Danke, das war sehr lieb von dir. Aber du hättest dir wirklich nicht so viel Mühe machen müssen! Das Paket kam vorgestern. Meine Nachbarin Frau Müller hat es angenommen und mir abends, als ich aus dem Krankenhaus kam, gegeben. Wie konnte ich das nur vergessen! Furchtbar!«

»Alzheimer«, nahm ich sie auf die Schippe, »tja, Mutti, du wirst alt!« Wir lachten beide und verabschiedeten uns fröhlich.

Kurz darauf klingelte mein Handy. Merle wollte wissen, wie es mir ginge. Wichtiger war ihr Besuch: »Bist du sicher, dass du kommst? Hast du schon deinen Flug gebucht? Landest du in Catania oder Palermo? Oder nimmt du ein Flugzeug nach…?«

»Nicht so schnell! Ja, ich komme morgen Abend in Catania an, ca. 18 Uhr. Kannst du mich abholen oder muss ich zu Fuß kommen?«

»Wenn du mich noch einmal ärgerst, lass ich dich die ganz Strecke zu Fuß gehen, garantiert«, kicherte ich.

Dann wurde ich ernst: »Mutti ist übrigens gut drauf. Ich habe das selbst von ihr gehört. Du hast mit deinen Andeutungen maßlos übertrieben!«

Merle überhörte meinen Vorwurf und kam zur Sache: »Wie geht es Matteos Tieren? Sind alle wohlauf?« Ich erzählte, was wir unternommen hatten, doch als sie nach den Inhaltsstoffen der Medikamente fragte, musste ich passen: »Woher soll ich das wissen?«, giftete ich sie an, »ich bin weder Arzt noch Chemiker!«

»Ruhig, bleib cool, Süße, hätte ja sein können, dass du dich schlau gemacht hast«, meinte sie in einem

Lehrerton, der mich seit jeher ärgerte. »Ich werde mich darum kümmern, wenn ich bei euch bin.«

»Wie stellst du dir das vor? Hast du schon eine Idee?« Nein, »Chaos-Merle«, wie ich sie heimlich nannte, hatte anscheinend noch keine Idee. Macht nichts, dachte ich, Hauptsache, sie kommt bald! Morgen würde ich sie in die Arme schließen und wir würden eine genauso geile Zeit haben wie damals, als wir jung waren.

Was hatten wir damals alles angestellt! Die Schule geschwänzt, bei den Klassenarbeiten voneinander abgeschrieben, heimlich Dates mit irgendwelchen Pickelboys gemacht und uns gegenseitig vor den Müttern geschützt.

Merles Mutter hatte vor vielen Jahren einen Großgrundbesitzer aus Kanada geheiratet und sich seitdem kaum noch blicken lassen, Merle selbst war immer gern und oft zu uns gekommen und betrachtete meine Mutter quasi als Ersatzmutti.

Als ich nach Sizilien ging, schwor Merle, für meine Mutter da zu sein, und obwohl sie oft nicht zuverlässig war, hatte sie in diesem Fall immer Wort gehalten.

Nach dem Gespräch rief ich Matteo an, um ihm von Merles Besuch zu erzählen: «Dann feiern wir alle zusammen Heilig Abend, wie in einer richtigen Familie!«, freute ich mich.

Seine Antwort überraschte mich: »Nein, Anna, ich komme nicht«, sagte er leise, als wäre es das Normalste von der Welt, von meiner Feier wegzubleiben.

»Wie bitte?«, fragte ich überrascht. »Du hast zugesagt! Du hast gesagt, wie sehr du dich auf den Heiligen Abend freust! Und jetzt willst du nicht mehr kommen? Hab ich dir was getan, oder kannst du meine Freundin nicht leiden? Du kennst sie doch gar nicht!« Ich war wütend.

Matteo schien das nicht zu stören. Er blieb ganz ruhig und sagte, er wollte uns nicht stören, außerdem hätten sich Merle und ich lange nicht gesehen und uns bestimmt viel zu erzählen, bla bla bla...

»Wenn du nicht kommst, kannst du mich gern haben!«, schrie ich böse durchs Telefon, und erst da schien er zu verstehen, wie sehr mich seine Weigerung verletzte: »Ich wollte dir nicht weh tun. Ich dachte, es wäre besser, wenn kein Fremder dabei wäre...«

»Matteo«, sagte ich und betonte dabei jedes Wort, »du gehörst zur Familie. Du bist kein Fremder. Versteh das endlich. Bitte komm, wenn wir feiern. Sonst hat das Ganze für mich keinen Sinn...«

Matteo nahm seine Entscheidung zurück: »Bene, ich komme gern!«

Vor Glück hätte ich ihn echt umarmen können.

»Außerdem«, verriet ich ihm, »kann sich Merle um deine Tiere kümmern. Das hat sie mir versprochen.«

»Das wäre gut«, antwortete Matteo, der nun gar nicht mehr fröhlich klang, die Medikamente hätten nicht angeschlagen, ein Päckchen mit Serum wäre zurück an den Tierarzt gegangen, und nun wollte der Doc neue Medikamente schicken, die hoffentlich helfen würden. Seine Angst, die Tiere zu verlieren, wäre riesengroß.

Zum ersten Mal wurde mir das Ausmaß dieser Katastrophe richtig bewusst!

Es war fünf vor zwölf, vielleicht schon später! Jetzt mussten wir handeln! Sofort!

»Matteo, wenn Merle kommt, schicke ich sie gleich zu dir«, versprach ich ihm. »Sie soll sich die Tiere ansehen. Sie ist eine sehr gute Ärztin und kann dir bestimmt helfen. Halt durch!«

Ohne darauf einzugehen, legte Matteo den Hörer auf.

15

Um für Weihnachten noch weitere Lebensmittel zu besorgen, wollte ich in die Stadt fahren und anschließend Alessandro besuchen. Mal sehen, was es Neues gab, und ob sich Angelina ihren Mann mit der neuen Frisur »zurück geangelt« hatte. Gegen 11.30 Uhr trudelte ich bei ihm ein. Es herrschte nicht gerade Hochbetrieb, nur drei Tische auf der beheizten Terrasse waren besetzt.

Alessandro freute sich sichtlich mich zu sehen: »Anna, Anna«, rief er aus der Küche heraus und kam angerannt, um mich so herzlich und überschwänglich zu umarmen, wie es bei den Italienern Sitte ist.

Ich ließ es zu, er küsste mich auf die Wangen, zog mich zu seinem Lieblingsplatz und redete auf mich ein wie ein Wasserfall.

Ich sollte dieses probieren und jenes, Antipasti, Pasta mit Sardinen, sein Sieger-Tiramisu vom Kochwettbewerb aus dem vergangenen Jahr: »Du wirst sehen, es schmeckt super«, verkündete er und ich war sicher, dass er Recht hatte.

Nachdem ich mir den Bauch vollgeschlagen hatte, kam ich zur Sache. Die Gäste hatten sich mittlerweile verkrümelt und ich konnte Tacheles reden: »Bist du wieder bei deiner Familie?«

Er schüttelte den Kopf. Daraufhin wurde ich noch einen Tick lauter: »Warum bist du nicht bei Angelina und deinen Bambini? Der Papa gehört zu Frau und Kindern. Sie machen sich große Sorgen und sind verzweifelt, weil ihr Papa nicht zu Hause ist!«

Alessandro setzte sich gerade hin, setzte seine Machomiene auf und entgegnete trotzig: »Angelina betrügt mich!«

»Quatsch, red nicht so ein dummes Zeug«, schimpfte ich, »Angelina ist dir eine gute Frau!«

»Nein!«, fauchte er und sah mich wütend an. »Davon verstehst du nichts!« Er stand auf, ging in die Küche und ich blieb alleine zurück.

Was sollte ich tun? Ich wusste nicht, wie ich reagieren sollte und fand die ganze Situation kindisch. Er war verbockt und sauer und redete sich so einen Stuss ein, der völlig aus der Luft gegriffen war und in keinster Weise der Realität entsprach! Dummkopf!

Wieso kam der Typ überhaupt dazu, seiner Angelina Untreue vorzuwerfen? Gerade Angelina, dieser treuen Seele! Rutsch mir den Buckel runter, dachte ich böse, eigentlich konnte ich jetzt nach Hause gehen und alles für Weihnachten vorbereiten, das war wichtiger!

Ach nein, beschloss ich, beide sind meine Freunde und Freunde lässt man nicht hängen! Also folgte ich Alessandro in die Küche: »Wie kommst du darauf, dass Angelina dich betrügt? Sie liebt dich mehr als alles in der Welt! Sie kann gar nicht mehr schlafen vor Sorge um dich und euer Restaurant.«

»Dann braucht sie nicht mit diesem Kerl ins…«

»Macht sie gar nicht!«

»Und warum gibt der Typ ihr so viel Trinkgeld?«

»Weil es ihm gut schmeckt und du ein superguter Koch bist!«

Alessandro wirkte verunsichert. »Wirklich?«

»Ja, bestimmt.« Um mehr über den Fremden zu erfahren, stellte ich mich dumm: »Von wem redest du eigentlich? Von dem Kerl, der dein Ristorante kaufen will?«

Sein Gesicht lief puterrot an, er ballte seine Faust und schaute stumm zur Wand.

Plötzlich strahlte er, umarmte mich, küsste mich, umarmte mich, küsste mich… »Einen Vino für dich!«, rief er laut und lachte, holte eine Flasche aus dem Regal, öffnete sie gekonnt und schenkte mir einen ein. Obwohl ich es verabscheute, als Autofahrer Alkohol zu trinken, nippte ich ein wenig an meinem Glas und schlug

Alessandro vor, ihn mit meinem Wagen nach Hause zu fahren, »damit ihr endlich wieder Frieden habt!«

Alessandro nickte und suchte nach seinen Schlüsseln, um den Laden dicht zu machen. Ehe ich mich versah, hatte er seine verbliebenen Gäste verscheucht, war zu meinem Wagen gegangen und hatte sich bereits hineingesetzt. Ganz wuschig war er vor Freude auf seine Familie: »Ob mir mein Angelinchen verzeiht? Ob sie mich noch will? Ob sie mich noch liebt?«

Es war furchtbar. Irgendwann konnte ich sein Gequassel nicht mehr ertragen: »Nun halt endlich den Mund, Alessandro! Erst machst du alles kaputt, und jetzt gehst du mir mit deinem Gejammer gehörig auf den Keks!« Wie ein kleines Kind, hörte er prompt auf und beherrschte sich, obgleich er dabei einen recht beleidigten Eindruck machte. Richtig so!, dachte ich, Strafe muss sein, sei ruhig beleidigt, du Kindskopf!

Vor seinem Haus hielt ich an und überlegte, ob ich das Auto verlassen und ihm folgen sollte, als er endlich ausstieg. Nein, sollte er doch alleine versuchen, den Familienfrieden wieder herzustellen. Ich hatte genug getan.

Und obwohl es höflich gewesen wäre umzukehren, beschloss ich, mir den weiteren Akt dieser Tragödie – oder Komödie? - anzuschauen:

Es wurde Alessandro leichter gemacht, als ich gedacht hatte. Ricardo, sein Jüngster, erschien plötzlich in der Tür, noch ehe er die Glocke berührt hatte. Wild schrie der Kleine nach seiner Mama und rannte danach mit ausgebreiteten Armen auf seinen Papa zu. Der schloss ihn in die Arme, wirbelte ihn herum und küsste ihn glücklich.

Nun erschien Angelina in der Tür, einen Besen in der Hand, grollend und mit lautem Geschrei. Alessandro, dieser sizilianische Machomann, stellte seinen Sohn wieder auf die Erde, fiel vor Angelina auf die Knie und redete so lange auf sie ein, bis sie ihm aufzustehen half und sich beide in die Arme fielen. Ja, so sind die sizilianischen Ehen. Man streitet sich und man verträgt sich. Alles ist eine große Show und nicht wirklich ernst gemeint. Liebes-Chaos ist auf Sizilien ganz normal.

Ich kehrte um, wollte endlich nach Hause. Dort wartete viel Arbeit auf mich. Aufräumen, saubermachen, vorkochen…

Spät am Abend meldete sich Merle und teilte mir mit, dass sie umgebucht hätte: »Ich lande morgen nicht in Catania, sondern gegen 16 Uhr in Palermo. Kannst du mich abholen?« Morgen Nachmittag? Palermo statt Catania! Was für ein Chaos! Natürlich freute ich mich über die Info, hatte aber noch so viel zu erledigen, dass es mich ein bisschen nervös machte. Eigentlich hatte ich früh schlafen gehen wollen, entschied mich aber nun um und erledigte alles Wichtige zu Hause. Gut, dass ich die Weihnachtsgeschenke längst gekauft und eingepackt hatte, sonst wäre ich jetzt in arge Bedrängnis gekommen!

16

In der Frühe klingelte mich Matteo aus dem Bett: Das Medikamentenpaket aus Palermo war noch nicht eingetroffen und er war total verzweifelt: »Ich muss die Milch wegschütten! Jetzt hat es noch mehr Schafe erwischt!« Um ihn zu trösten, versprach ich ihm wieder mit Merle vorbeizukommen. »Gut«, sagte er, »grazie!«

Bevor ich zum Airport fuhr, besuchte ich noch unser Einkaufszentrum im Nachbarort. Hier herrschte, wie überall, viel Trubel. Alle suchten nach kleinen Geschenken für ihre Familien und Freunde, die Gänge waren mit Glitzerzeug geschmückt, aus den Lautsprechern ertönten sizilianische Weihnachtslieder, die man nur mit Mühe verstehen konnte. Oben, im ersten Stock, gab es die Pizza Natale, die Weihnachtspizza mit Schokoengeln auf der Tomatensoße. Kinder saßen auf ihren Stühlen und schoben sich die Leckerbissen reihenweise in den Mund, während ihnen die Erwachsenen begeistert zusahen. Dass die Kleinen kleckerten und mit dem Essen matschten, machte den Eltern nichts aus. Hauptsache, die Bambini waren glücklich.

Ich kam mir angesichts des Weihnachtstrubels ein bisschen ausgestoßen vor. Zwar hatte ich von meinen Freunden viele Einladungen zum Fest bekommen, diese aber ausgeschlagen, um mit Merle und Matteo alleine zu sein. »Bring doch beide mit, ihr seid herzlich willkommen«, hatte es oft geheißen. Doch was nützte das alles, wenn man keinen Mann an seiner Seite hatte, mit dem man gemeinsam das heilige Fest feiern konnte?

Jetzt klang »Stille Nacht, heilige Nacht« aus den Lautsprechern und ein Kinderchor sang das Lied in italienischer Sprache. Mich machte das Lied traurig, zu gerne hätte ich es auf Deutsch mitgesungen.

Mensch, reiß dich zusammen, schimpfte ich leise vor mich hin. Du wirst in diesem Jahr nicht alleine sein, deine aller-, allerbeste Freundin wird kommen und wir werden gemeinsam lachen und Spaß haben! Meine letzten Einkäufe hatte ich zusammen, was nun? Noch hatte ich Zeit, bis ich in Palermo sein musste. Ach, dachte ich, fahr bei Alessandro und Angelina vorbei, mal schauen, ob sie sich noch lieb oder schon wieder in den Haaren haben.

Zu meiner großen Freude herrschte im Ristorante eitel Sonnenschein und beide lachten mir fröhlich zu, als sie mich kommen sahen. Vereint standen sie am Tresen und plauderten miteinander, während außer ihnen nur ein einziger Gast zu sehen war, der an einem Singletisch auf der Terrasse seine Pasta aß.

Ein toller Typ war das, musste ich zugeben. Ich hatte ihn nie zuvor gesehen.

Ob er ein Tourist war? Jetzt, kurz vor Weihnachten und bei den aktuellen Minusgraden? Kaum vorstellbar!

Angelina winkte mich mit dem Zeigefinger zu sich heran: »Das ist er«, flüsterte sie. »Wer?«

»Na, der…, der mir… das viele Trinkgeld…gibt! Dieser Signore Ronaldo!«, erklärte sie mir.

»Was? Der…? Wegen dem hat Alessandro so einen Aufstand gemacht?«

Ich schüttelte den Kopf. Das konnte ich nicht verstehen. So geil war der nun wirklich nicht. Okay, er sah echt gut aus mit seinen schwarzen Haaren, die er zu einem Pferdeschwanz gebunden hatte.

Ein bisschen arrogant, vielleicht. Einer, der nach Geld »roch«. Im schicken Pullover mit dem Logo einer berühmten italienischen High-Society-Modefirma auf der Brust, einer teuren Schweizer Uhr am Handgelenk, braungebrannt…

Doch, obwohl ich Alessandros Sorgen ein bisschen nachempfinden konnte, war ich mir sicher: Ein Jackpot war der nicht, ein Jackpot sah anders aus!

Ich ließ mich liebevoll auf die Wangen küssen und bestellte die Fischsuppe à Signore Alessandro, danach ging es geradewegs zu dem Fremden. »Darf ich…?«, fragte ich ohne Umschweife, während ich mir einen Stuhl vom Nebentisch heranzog.

»Warum nicht?«, antwortete er, während er zu mir nach oben schaute. Es gefiel ihm wohl, was er sah, denn er stand auf, betupfte seine Lippen mit der Serviette und reichte mir die Rechte: »Ronald«, sagte er freundlich, ohne seinen Nachnamen zu verraten, »kommen Sie, leisten Sie mir Gesellschaft.« Seine Sprache war astreines Deutsch, vielleicht mit einem Hauch von bayrischem Akzent.

Ich wunderte mich, weshalb er mich auf Deutsch ansprach. »Das höre ich an Ihrem Slang«, erwiderte er, »mit wem habe ich das Vergnügen?«

Eins zu null für diesen Schnösel! »Anna, das muss reichen«, erwiderte ich kühl. Mehr wollte ich dem Kerl nicht von mir erzählen, aber umso mehr von ihm wissen: »Was macht Signore Ronaldo, ah…, Ronald… ausgerechnet bei uns auf Sizilien?«, fragte ich kess.

Er stutzte: »Ach so, Sie haben schon von mir gehört. Daher der Name. So nennt mich das reizende Ehepaar dieses Restaurants. Für Sie bin ich aber Ronald, ja?« Er sah mich fragend an und ich nickte.

Nun wurde er redselig und erzählte von sich, während mir Angelina die Fischsuppe an den Tisch brachte und dabei mordsmäßig grinste. Ich erfuhr nicht gerade Berauschendes, trotzdem waren seine Infos nicht uninteressant: Er stammte aus München, hatte dort eine Immobilienfirma besessen und sich nun in den Bergen in unserer Gegend ein Haus gekauft, um sich zur Ruhe zu setzen und seinen Lebensabend zu genießen. Seinen Lebensabend?

Sonderbar, Ronald war bestimmt erst Mitte Vierzig! Flunkerte mich der Typ an? »Da staunen Sie, nicht wahr? Doch, ich habe die Fünfzig sogar schon überschritten!«

Als Kind, so erzählte er mir, wäre er oft nach Sizilien gekommen und hätte schon damals beschlossen, eines Tages dauerhaft in einem der kleinen Dörfer zu leben. Soweit wäre er jetzt, da er gemeinsam mit einem Hund und vier Katzen in den Bergen wohnte. »Fast ganz alleine, mit der richtigen Frau hat es leider nicht geklappt. Nur eine sogenannte Haushälterin habe ich, aber die ist noch so jung..., und außerdem ist sie die Tochter meines besten Freundes. Sie verdient sich bei mir ein paar Euro, um später in Deutschland zu studieren.«

Wenn der weiterhin so viel Intimes aus seinem Privatleben ausplaudert, höre ich bald noch, mit wie vielen Freundinnen er schon im Bett gewesen ist, dachte ich verächtlich. Hatte dieser Typ denn gar keinen Anstand? Privates sollte privat bleiben, wenn man nicht befreundet war! So lautete das ungeschriebene Gesetz bei uns auf Sizilien!

Ich schwieg weitgehend und gab nur wenig von mir preis. Dass ich aus Norddeutschland kam, durfte er ruhig erfahren, mehr aber nicht! Er drängte mich zum Reden, schien meine Verschlossenheit dann aber doch zu akzeptieren, denn in einem Nebensatz meinte er, die Norddeutschen wären im Gegensatz zu den Bayern »verschlossene Austern«.

Ich überhörte den Seitenhieb und fing ein neues Thema an. Ob es ihm bei Alessandro und Angelina genauso gut schmeckte wie mir? Oh ja, antwortete der Fremde, »sogar noch besser als in München, Paris oder Mailand!« Angeber, dachte ich böse, er dachte wohl, wir wären alle doofe Landpomeranzen und er dagegen der feine Mann von Welt!

Nachdem ich die Suppe aufgegessen hatte, sie war wirklich megageil!, verabschiedete ich mich und ging schnurstracks mit meinem leeren Teller und dem Besteck zu Alessandro und Angelina in die Küche. Sofort winkte ihnen dieser Ronald fröhlich zu, wohl, weil er bezahlen wollte.

»Wetten, dass er deine Rechnung übernimmt!?«, meinte Angelina lachend. Ich war sicher, dass es so kommen würde. Wirklich: Als sie zurückkehrte, hielt sie einen 200-Euro-Schein in der Hand und jubelte:»Er hat auch für dich gezahlt!«

Mir gefiel das, obwohl ich sein übergroßes Trinkgeld für weit überzogen hielt und angeberisch fand. Alessandro machte keinen glücklichen Eindruck:»Mit dem Kerl stimmt was nicht!«

Um wieder für gute Stimmung zu sorgen, lud mich seine Frau zum großen Weihnachtsessen am ersten Feiertag ein:»Wir möchten mit allen Freunden zusammen feiern, bitte komm!«

Ich lehnte ab:»Meine beste Freundin ist über die Tage bei mir, dann wollen wir uns ausgiebig unterhalten. Nur am Heiligen Abend feiern wir mit einem großen Essen. Matteo kommt zu uns, damit er nicht alleine bleiben muss.«

»Nichts da!«, mischte sich Alessandro in das Gespräch, »es gibt alles, was Sizilien zu bieten hat: Risotto, Fleisch, Meerestiere, Gemüse, Obst, frische Salate und jede

Menge Pasta…! Ihr seid alle herzlich eingeladen und es würde uns sehr traurig machen, wenn ihr nicht kommt!«

»Außerdem«, ergänzte seine Frau, »braten wir extra für dich eine Weihnachtsgans mit Äpfeln! So wie in Deutschland! Nur auf den Rotkohl musst du verzichten! Aber sonst wird es dir an nichts fehlen!«

Ich fand das ganz, ganz lieb und ließ mich erweichen. Ja, ich würde mit meinen Freunden kommen. Nun musste ich mich beeilen und fuhr möglichst rasant über die Autostrada nach Palermo, ohne auf die Kilometerbeschränkung zu beachten. Prompt musste ich vor einer Abzweigung scharf bremsen, um nicht von der Polizei erwischt zu werden.

Am Airport lief alles glatt. Ich fand ausnahmsweise schnell einen Parkplatz und hatte noch genügend Zeit, um auf meinem Handy nach diesem »Ronald X« zu googeln. Verflixt, warum kannte ich nicht seinen Nachnamen? Würde ich etwas unter den Stichwörtern Immobilienmakler, München, Sizilien, VIP München… finden?

Nein, nichts, ich fand rein gar nichts. Ob er vielleicht ein Betrüger war? Ein Verbrecher, der sich in den Bergen versteckte? Mir ließ dieser Mann keine Ruhe. Also entschied ich mich für eine Séance, bei der ich mehr über ihn herausfinden würde. Erst galt es auf Merles Flieger zu warten und mit ihr zu Matteo zu fahren, damit sie nach den Tieren schauen konnte.

Das Handy klingelte, als ich gerade das Auto verlassen hatte und zur Halle gehen wollte. Es war Matteo. »Entschuldige, aber ich muss mich beeilen«, sagte ich hastig. Er erzählte, dass ein Paket vom Tierarzt noch immer nicht eingetroffen wäre. »Jetzt ist es vielleicht schon zu spät! Eins meiner besten Mutterschafe kann nicht mehr stehen!« Ich versuchte ihn zu trösten, indem ich auf Merle verwies, die gleich ankommen würde: »In gut drei Stunden sind wir bei dir!«

Ich rannte los. Ich hatte mich verplaudert und nun drängte die Zeit. Keine Minute zu früh war ich am Gate, die ersten Leute erschienen bereits mit ihren Koffern – und nun sah ich sie, Merle! Meine allerbeste, allerliebste Freundin!

Sie winkte mir begeistert zu. Wir fielen uns so überglücklich um den Hals, dass sie ihren Koffer aus der Hand fallen ließ und ihn aufheben musste.

»Lass uns schnell losfahren, Matteo wartet auf dich«, forderte ich sie auf und schob sie voran.

Merle weigerte sich: »Nein, stopp!« Sie sah sich um. Warum?

17

Da sah ich ihre Überraschung! Meine Mutter! Mutti kam strahlend aus der Ankunftshalle heraus und winkte uns zu:»Voilà, mein Weihnachtsgeschenk«, meinte Merle strahlend und schubste mich in Richtung Mutti. Mir kamen echt die Tränen. Ich war so überwältigt von unserem Wiedersehen, dass ich nur dastand und heulte.

Mutti kam näher, nahm mich wie ein kleines Kind in den Arm und drückte und herzte mich wie damals, wenn ich mir mal wieder die Knie beim Radfahren aufgeschlagen hatte und getröstet werden wollte. Sie sagte nichts, ich sagte nichts, Merle sagte nichts.

Erst nach und nach fand ich wieder zu mir und ließ mir berichten, wie sie auf diese Idee gekommen waren, mich gemeinsam zu besuchen. »Schluss, wir haben später noch genug Zeit zum Reden«, entschied Merle. »Wo steht dein Auto?« Ich hakte mich bei Mutti und Merle unter und gemeinsam verließen wir das Gebäude, um auf direktem Wege zu Matteo zu fahren. »Mich kannst du bei Matteo rauslassen, aber bring Mutti bitte schnell nach Hause, damit sie sich von dem Flug erholen kann«, schlug Merle auf dem Weg zu seinem Hof vor. Ich willigte ein und stoppte bei Matteo kurz, um die beiden miteinander bekannt zu machen. Merle holte ihren Arztkoffer aus ihrer Reisetasche und ging sofort zum Stall, um dort die

Tiere zu untersuchen. Matteo folgte ihr und rief mir noch »Ich bringe Merle zu dir, wenn wir fertig sind!« zu.

Obwohl Matteo nicht weit weg von mir wohnte, war unsere Heimfahrt recht langwierig und chaotisch, weil die Autostrada total verstopft war: »Die Leute kommen vom Einkaufen«, erklärte ich Mutti, »sie sind schon seit Wochen mit Weihnachten beschäftigt, aber jetzt ist die letzte Gelegenheit vor dem Fest.«

»Also, Kind«, wunderte sich meine Mutter, »wie du dich hier zurechtfindest, ist mir ein Rätsel. Man kommt ja nur im Schritttempo voran. Der Verkehr ist in Hamburg mit seinen vielen Staus ja schon furchtbar, aber der hier übertrifft das Chaos bei Weitem!« Ach Gott, dachte ich, man kann Sizilien doch nicht mit den Verhältnissen in Deutschland vergleichen. Wer auf der Insel glücklich werden will, muss umdenken. Er muss bereit sein, sich auf ein Abenteuer einzulassen und auf Komfort zu verzichten. Ich hatte das getan und niemals bereut.

18

Als meine Mutter meine neue Heimat, die Villa Griegenta, zum ersten Mal sah, rief sie immerzu voll Begeisterung: »Was für ein Haus! Was für ein Garten! All die schönen

Bäume! Der Brunnen! Das ist ja das reinste Paradies, in dem du lebst!» Glücklich betraten wir meine Terrasse, wo eine wunderschöne Vase mit Ästen und daran baumelnden Zitronen vor dem Eingang stand. »Was für eine nette Begrüßung!«, freute sich Mutti. Sie vermutete, ich sei auf diese Idee gekommen, was nicht stimmte. Es war Matteo gewesen. Natürlich hätte ich das klarstellen können, hob mir die Richtigstellung aber für später auf.

Bianco stürmte auf uns zu, nachdem er so lange gewartet hatte. Sofort holte er seinen Ball, um mit uns zu spielen. Weil Mutti ein echter Hund-Fan war, erfüllte sie ihm den Wunsch und rollte den Ball immerzu hin und her. »Ist der süß!«, rief sie, »mit dir gehe ich jeden Tag spazieren, das verspreche ich!«

»Weißt du schon, wie lange ihr bleiben wollt?«, fragte ich Mutti bei einem Espresso und ein paar Keksen. »Bis Neujahr, wenn es für dich in Ordnung ist.«

Und wie! Ich war überglücklich und fing mit der Vorbereitung für das Abendessen an, das ich mir eigentlich nur für Merle, Matteo und mich ausgedacht hatte, von dem aber problemlos vier Personen satt werden konnten: Käserouladen mit Schafs- und Ziegenkäse, eingelegte Paprikaschoten, Schiffchen und Hackbällchen, Melone und Parmaschinken, lediglich die Zucchinisuppe sollte später aufgewärmt werden.

In den Räumen im ersten Stock bezog ich die Betten, legte Handtücher und Seifen zurecht, heizte auf höchster Stufe ein. Ich wechselte mein Zimmer mit der Kleiderkammer, damit es Mutti besonders schön hatte, schlug ein Zusatzbett auf und legte eine Matratze und Bettzeug darauf. Sah doch ganz gut aus! »Ist es in deinem Zimmer wirklich gemütlich?«, fragte Mutti besorgt, nachdem ich fertig war und mich mit Merles schwerem Reisekoffer abplagte, den ich in ihrem Raum abstellen wollte, »wäre es nicht besser, wir würden die Zimmer tauschen?« Ich schüttelte den Kopf. »Kommt gar nicht in Frage!«, bestimmte ich, »es bleibt so, wie es ist!«

Wir warteten bis Mitternacht, als Merle und Matteo endlich erschienen. Da sie trotz ihres übergroßen Hungers warten mussten – wir mussten die Zucchinisuppe erst aufwärmen -, erzählten sie uns, was geschehen war:

Merle hatte sich einen kurzen Überblick verschafft und einige Tiere kurz untersucht, sich die Medikamentenliste angeschaut und ein paar Schafen das inzwischen vom Tierarzt eingetroffene Serum gespritzt: »Sorry, aber ich bin hundemüde«, verabschiedete sich Matteo, nachdem er seinen Hunger gestillt hatte, »wir sehen uns morgen, ja?«

Merle nickte. Sie war auch zu müde, um Genaueres zu sagen: »Sieht ziemlich düster aus. Aber wir werden alles tun, um die Schafe wieder an Deck zu bekommen.«

Matteo stutzte. »Sie meint, damit die Tiere wieder gesund werden«, übersetzte ich ihm.

Während sich Mutti und Merle schlafen legten, wollte ich die Séancekarten für Angelina legen und machte mich leise ans Werk. Ich vollzog mein Ritual, breitete die Karten auf dem Tisch aus und stellte die Frage, die mir auf dem Herzen lag. Was ich sah, verwirrte mich: Alessandro und Angelina würden, das war ganz klar, bald viel Geld bekommen. Ein Mann würde ihnen zu Glück und Geld verhelfen. Er war erst kürzlich in ihr Leben getreten und hielt sich noch weitgehend bedeckt. Bald würde sich das Schicksal jedoch drehen und die schwere Zeit wäre für beide endgültig vorbei.

Ich freute mich für sie. Endlich wäre das Glück auf ihrer Seite und alle Sorgen wären wie weggeblasen. Sie bräuchten sich keine Sorgen mehr zu machen!

Mich beschäftigte die Frage nach dem Unbekannten, der in ihr Leben getreten war und sich bisher noch nicht geoutet hatte. Wer war dieser Mann?

Für mich stand fest: Es gab nur einen, der hierfür in Frage kam. Signore Ronaldo alias Ronald! Dieser sonderbare Typ, der die ganze Idylle in unserer Gegend auf den Kopf stellte. Sollte ich Angelina davon erzählen oder lieber schweigen? Erst war ich unschlüssig, dann nahm ich meinen Mut zusammen und rief sie zu Hause an, obwohl es schon weit nach Mitternacht war und ich nicht sicher sein konnte, dass sie den Hörer überhaupt abnehmen würde.

»Was du nicht sagst!«, rief sie überrascht, nachdem ich sie begrüßt und ihr von dem Séance-Ergebnis berichtet hatte, »wir bekommen viel Geld, sagst du? Aber wir haben keine reichen Verwandten… Es kann nur dieser Signore Ronaldo sein…! Sollen wir unser Restaurant also verkaufen? Was sagen deine Karten?« Das wusste ich nicht. Mehr hatten sie mir nicht verraten.

Angelina reagierte enttäuscht: »Solange wir diesen Unbekannten nicht kennen, werden wir nichts tun. Vielleicht spielt irgendein anderer bald die große Rolle in unserem Leben, ein Verwandter von Alessandro oder einer aus meiner Familie in Deutschland? Oder doch einer der Gäste? Wir werden zu Padre Pio beten und unser Schicksal annehmen.« Das war eine gute Idee, fand ich.

»Gefällt dir eigentlich Signore Ronaldo?«, überraschte sie mich plötzlich.

»Wie bitte?« Hatte ich richtig gehört? War sie völlig meschugge? Ich verneinte natürlich sofort. »Wie kommst du darauf?«

Angelina hatte sich dabei gar nichts Böses gedacht: »Anna, du bist so viel alleine. Die Einsamkeit tut dir nicht gut«, sagte sie, »warum heiratest du ihn nicht? Er sieht gut aus, hat Geld und ist Single! Dann habt ihr beide was davon!«

Ich war fassungslos. »Wie bitte?«, fragte ich noch einmal. Was sollte ich mit diesem Kerl? Ich war sehr zufrieden mit meinem Leben, und die Männer konnten mir gestohlen bleiben! Für immer! »Du hast echt einen Vogel!«, schimpfte ich.

Angelina nahm mir meinen Vorwurf nicht krumm, sondern stellte fest, dass ein Leben zu zweit tausendmal schöner wäre denn als Single. »Wie du willst«, meinte sie und wollte gerade das Gespräch beenden, als sie einhielt und mir den »Tipp« gab:

»Noch einmal bekommst du garantiert nicht so eine gute Gelegenheit. Überleg es dir gut. Ich kann vielleicht was für dich arrangieren...« Sie stutzte: »...oder spielt... Matteo eine Rolle...? Ist er doch...?«

»Ist er nicht!«, antwortete ich sauer und wünschte, ich hätte Angelina überhaupt nicht angerufen.

Sollte sie ihren Kram doch alleine in den Griff bekommen. Was gingen mich die Probleme anderer Leute an?

»Ciao, ich gehe jetzt schlafen«, sagte ich noch, ehe ich mein Handy ganz ausschaltete. Wer mich in dieser Nacht anrufen würde, hätte sich geschnitten. Ich war für keinen zu sprechen. Basta!

19

In dieser Nacht träumte ich von meiner Séance. Wie ich Alessandro und Angelina die Karten auslegte und ihre glückliche Zukunft vor mir sah. Ein wahrer Geldregen ergoss sich über die zwei und sie feierten mit uns, ihren Freunden, und viel Vino und Pasta eine Riesenparty.

Heute war ihr Restaurant wieder eröffnet worden, weil ihr großzügiger Geldgeber für alle Kosten aufkam. In der Tat: Das Restaurant sah in meinem Traum völlig verändert aus. Die Wände waren in den sizilianischen Farben gestrichen, das Mobiliar war schick und modern, überall standen frische Blumen in riesigen Vasen. Eine kleine Band spielte die alten traditionellen sizilianischen Lieder und die Gäste sangen begeistert mit und tanzten ausgelassen und fröhlich.

Plötzlich tippte mir jemand auf die Schulter. Ich zuckte zusammen, drehte mich um und sah ihn vor mir: lächelnd, seine langen Haare zu einem Pferdeschwanz gebunden, ganz in Schwarz. Er reichte mir ein volles Glas Champagner und hauchte leise und verliebt: »Cheers.«

»Du?«, fragte ich... »Ja«, antwortete er sanft und schmeichelnd, »es ist unsere Hochzeit, Liebling, lass uns gemeinsam auf unsere wundervolle Zukunft anstoßen!«

Er küsste mich sanft auf meine Lippen, spielte mit meinen langen blonden Haaren und versprach: »Ich werde dich zur glücklichsten Frau auf der Welt machen. Wir werden in den Siebten Himmel schweben und ich werde dir jeden Wunsch von den Augen ablesen...«

Um uns herum klatschten unsere Freunde und lachten. Dann begannen die Töchter von Alessandro und Angelina Reiskörner in unsere Richtung zu werfen und alle schrien: »Bambini! Bambini!«

Während ich mich hilfesuchend Ronald, meinem Mann, zuwandte, flüsterte er liebevoll: »Liebling, komm, lass uns viele Bambini machen... Ich kann nicht länger warten. Bei diesem Mondschein bekommen wir die schönsten Bambini der Welt...«

Ich wachte schweißgebadet aus. Was für ein Albtraum! Ausgerechnet Ronald, diesen hergelaufenen Fatzke, sollte ich geheiratet haben?! Und ausgerechnet der wollte mit mir...!?

Oh Gott, nein! Was hatte Angelina mit ihrer Frage bloß für eine Lawine angetreten! Ich musste mich beruhigen!

»Bianco, komm«, befahl ich atemlos und nahm ihn mit in den Garten.

20

Heute Nacht spürte ich die Kälte mehr als sonst. Lag das an diesem entsetzlichen Traum oder war die Erkältung Schuld daran? »Bianco, halt mir diesen Kerl vom Hals«, bat ich meinen Labrador. Der schien sich mit meinen Sorgen nicht befassen zu wollen, sondern zog es vor herumzulaufen und Spuren zu suchen. Sichtlich unterkühlt betrat ich mein Haus und fror so stark, dass nur ein heißer Früchtetee helfen konnte. Genussvoll und trank ich ihn schlückchenweise in meinem Lieblingssessel vor dem Kamin. Dann schloss ich müde die Augen.

Mein Festnetztelefon klingelte und riss mich aus dem Schlaf. »Anna, ich habe wieder zwei tote Lämmer. Was soll ich machen?«, hörte ich Matteos Stimme, »kann deine Freundin kommen? Ich brauche Hilfe. Dringend!«

Im Nu war ich wach, hatte alles verstanden. Gingen jetzt alle Tiere von Matteo ein? Was für ein Virus war das, der so viele Schafe tötete? Ich wusste das nicht, Matteo auch nicht, aber Merle? Würde sie helfen können? »Beruhig dich«, versuchte ich ihn zu beschwichtigen, »wir sind gleich da.«

Kurze Zeit später klopfte ich wie eine Wilde an Merles Zimmertür. »Was ist los?«, rief sie von drinnen, »bist du krank?« Leise hörte ich ihre Schritte näherkommen, und als sie die Tür öffnete, machte sie einen total schläfrigen Eindruck. Schnell erzählte ich ihr von dem Anruf. Merle stürzte zurück in ihr Zimmer, schnappte sich ihren Arztkoffer und bat mich sie zu fahren. »Husch, husch«, feuerte sie mich an, weil ich noch im Schlafanzug vor ihr stand und staunend verfolgte, in welcher Schnelle sie alles regelte. Ich gab mir Mühe ihr zu folgen, zog mich an ohne zu duschen oder meine Zähne zu putzen und schrieb Mutti einen Zettel, dass wir unterwegs zu Matteo wären. Bianco ließen wir kurz sein Geschäft machen, dann saß er gut verstaut im Wagen und wir crashten los.

Zehn Minuten später stoppte mein SUV vor dem Stall, wo Matteos Schafe untergebracht waren. Ungeduldig wartete er dort, nickte uns zu und wies Merle an, ihm in den Stall zu folgen.

Dort lagen die Tiere reglos auf dem Boden. »Wo sind deine Einmalhandschuhe?«, fragte Merle. Ich wies auf den Kofferraum. Merle holte sie sich heraus, nahm ihr Köfferchen, holte einige Apparate daraus hervor und begann mit den Untersuchungen. Wir schauten ihr ungeduldig zu, sagten kein Sterbenswort.

Schließlich wandte sich Merle uns zu:»Ich fahre jetzt mit Anna nach Hause. Dort habe ich ein Medikament, das ich brauche. Danach komme ich wieder. Hast du mich verstanden, Matteo?«

Ich hätte mich eigentlich wundern müssen, warum Merle so gut Italienisch sprach, wusste aber, dass es wohl kaum etwas gab, das diese Frau nicht konnte! Sie war Klassenbeste gewesen, hatte ihr Abi mit einer glatten Eins geschafft und später das Examen an der Uni als eine der besten hingelegt! Trotzdem war sie immer auf dem Boden geblieben, hatte sich für Menschen eingesetzt, die wenig Glück im Leben hatten, und außerdem war sie mir immer eine hundertprozentige Freundin gewesen!

Obwohl sie sehr lieb und gutherzig war, konnte sie genauso rau und streng sein und kam mir manchmal wie ein General vor, der gern befahl und andere nicht mitreden ließ.»So muss ich sein, sonst kann ich meine Kollegen nicht führen«, klärte sie mich auf, »als Stellvertreterin meines Chefs muss ich dafür sorgen, dass der Laden einwandfrei läuft!«

Mutti saß am Küchentisch, als wir erschienen und aß soeben eins der leckeren Schokocroissants, die ich immer zu Hause hatte.»Ich habe schon angefangen zu frühstücken, weil ich nicht wusste, wann ihr zurückkommt«, sagte sie fast entschuldigend.»Ich mache euch schnell einen Espresso. Der ist gleich fertig.« Sie stand auf und wollte gerade die Kapseln aus dem Küchenschrank holen, als sie sich wunderte, weshalb Merle kaum gegrüßt und sofort nach oben verschwunden war: »Wir waren bei Matteo. Wieder sind zwei Lämmer tot! Sie muss etwas holen und dann zurückfahren«, klärte ich sie auf, während sich Merle bereits die Autoschlüssel nahm, uns ein »Ciao« zuwarf und verschwand.

21

Mutti und ich nutzten die Zeit, um miteinander zu plaudern. Sie erzählte, dass Merle sie plötzlich angerufen und gefragt hätte, ob sie nicht mit nach Sizilien kommen wollte, und dass sie deshalb den Flug umgebucht hatte: »Das Flugzeug nach Catania war voll.« Ihr Chefarzt wollte ihr zunächst nicht frei geben, hatte schließlich aber dann doch sein Okay gegeben:

»Danach ging alles ganz schnell. Ich sagte meiner Nachbarin Bescheid, dass sie die Blumen gießen sollte, verteilte meine Geschenke und bezahlte die Rechnungen, die noch vor Silvester beglichen werden mussten.

Dann holte ich noch das Geld von der Bank und machte die letzten Besorgungen, bevor Merle an der Tür klingelte. Sie war übrigens sehr, sehr pünktlich. Das kannte ich gar nicht von ihr.«

Ich musste lachen. Richtig, Mutti! Merle war fast immer zu spät. Obwohl sie sonst sehr korrekt war, hatte sie kein Verhältnis zur Zeit und wusste oft gar nicht, welcher Tag es war. Geburtstage vergaß sie regelmäßig, sogar ihren eigenen. Umso erstaunter war sie, wenn man ihr gratulierte und sie ihren Ehrentag gar nicht auf dem Zettel hatte. »Du siehst, ich war selbst völlig überrascht von meiner Reise«, erzählte Mutti, »alles ging hopplahopp, und eigentlich ist es nicht meine Sache, andere mit meinem Besuch zu überfallen.« Ich nahm sie in die Arme: »Aber Mutti«, sagte ich fröhlich, »du bist herzlich willkommen. Du kannst immer zu mir kommen, wenn du willst.«

»Ach, Kind«, hörte ich sie seufzen, »wenn das so einfach wäre. Aber du führst dein Leben und ich meins. Das ist der Lauf der Welt.« Dann zeigte sie mir ihre Wirklichkeit auf. Sehr glücklich war sie zwar nicht, aber zufrieden mit ihrem Leben, das mir sehr anstrengend vorkam als Krankenschwester mit wechselnden Tag- und Nachtdiensten, die schlauchten und kaum Freiraum ließen, fast permanent für Rückenschmerzen sorgten und ein Durchschlafen verhinderten. Dazu kamen noch die innerbetrieblichen Querelen mit Sticheleien und Intrigen. »Ich bin zwar nicht davon betroffen, weil die Ärzte ihre

Streitigkeiten unter sich ausmachen«, so Mutti, »aber sie vergiften die Atmosphäre.«

Das konnte ich mir gut vorstellen, obwohl ich selbst niemals in so einer unangenehmen Situation gewesen war. Blieb also die Frage, wie sich Muttis Situation verbessern ließe? Ich schlug einen Arbeitsplatzwechsel vor.

»Du bist gut!«, meinte sie kopfschüttelnd, »ich bin 53 Jahre! Wer nimmt mich noch in meinem Alter? Niemand! Es zählt nicht die Erfahrung, wenn man neues Personal einstellt. Es zählt das Geld, nichts als das Geld, und junge Leute sind nun mal billiger. Nein, ich muss in unserem Krankenhaus bleiben, bis ich in Rente gehe.«

Um Mutti auf andere Gedanken zu bringen, schlug ich ihr eine Séance vor.

Erst lehnte sie ab: »Ich will dir keine Mühe machen.« Doch weil ich darauf bestand, gab sie schließlich klein bei und freute sich sogar über meinen Vorschlag.

Wir kamen uns vor wie Verschwörer, die sich in ein großes Geheimnis einweihen lassen wollten. Ganz sorgfältig machte ich mich an die Vorbereitungen und rief Mutti erst dann zu mir in mein Arbeitszimmer, als der Tisch gedeckt und die Schicksalskarten ausgelegt waren. Ich zündete die Kerzen an, die Flammen erzeugten in

Muttis Gesicht einen schönen frischen Teint, der ihre Augen noch leuchtender zeigte.

»Welche Frage möchtest du stellen?«, fragte ich ganz professionell. Mutti überlegte kurz. »Was wird in den nächsten Monaten in meinem Leben passieren?«

»Such dir bitte zehn Karten aus. Überfliege mit deiner linken Hand die Schicksalskarten. Wenn eine von ihnen Wärme abstrahlt, greif sie auf und lege sie beiseite. Staple alle aufeinander. Wenn du die zehn zusammen hast, gib sie mir bitte.« Mutti, die sich früher immer gegen Séancen gesträubt hatte, verhielt sich nun genau so, wie ich es ihr gesagt hatte.

Es dauerte recht lange, denn sie ließ sich sehr viel Zeit und konzentrierte sich außergewöhnlich stark auf die Karten. Ich ließ es geschehen und sagte keinen einzigen Ton.

Endlich saß ich vor dem Stapel, den sie ausgesucht hatte. »Du hattest Recht, diese Karten haben wirklich Wärme ausgestrahlt«, wunderte sie sich, »die anderen waren und blieben kalt.

Das ist sonderbar, finde ich.« Ich hätte es ihr erklären können, ließ es aber sein. Ich wollte mich auf die Zukunft meiner geliebten Mutter konzentrieren und hoffte deshalb inständig auf viele gute Karten.

Die erste, die ich aufdrehte, zeigte eine Frau in einer Gruppe, die mit ihr feierte. Das war ein gutes Zeichen! Menschen, die meine Mutter liebten, umgaben sie, und sie hatte ihre Freude an dem Zusammensein!

Es folgten Schicksalsereignisse, die zunächst Ärger und Streit, aber auch schöne Stunden anzeigten – und einen Mann, der in ihr Leben trat und mit dem sie eine glückliche Zukunft haben würde.

»Das kann nicht sein!«, sagte sie resolut, als ich ihr die neue Liebe ankündigte, »in meinem Alter werde ich mich garantiert nicht mehr verlieben. Das Thema ist durch. Diese Karte muss eine andere Person darstellen, vielleicht dich! Ja, ganz bestimmt! Du wirst nicht alleine bleiben. Ja, so ist es. Du bist dieser glückliche Mensch auf der Karte!«

Stimmte das? Waren sich Mutti und ich so nah, dass ich einen so großen Raum in ihrem Leben einnahm und ich diese glückliche Frau war? Wie konnte das sein? Wir hatten doch nach ihrem Leben und nicht nach meinem gefragt? Hatte ich mich schon wieder vertan und war ich nicht mehr in der Lage, die Zukunft richtig zu sehen?

Ich war verunsichert, wollte solche Fragen nicht zulassen. Bisher hatte alles gestimmt, waren die Ereignisse zu hundert Prozent eingetroffen. Nun sollte mir plötzlich die beste meiner Fähigkeiten abhanden gekommen sein? Nein, das wollte ich nicht akzeptieren! Es war Mutti und niemand sonst, der glücklich werden sollte, und das bekräftigte ich ihr gegenüber so vehement, dass sie keinen Widerspruch mehr andeutete.

Ihre Freude an der Schicksalsdeutung war verflogen. »Danke, Schatz. Das war sehr interessant«, meinte sie, »aber jetzt ist es genug. Lassen wir uns überraschen.«

Ein bisschen säuerlich löschte ich die Kerzen, sammelte meine Karten ein und verpackte meine Utensilien im Schrank. »Was machen wir jetzt?«

»Zeig mir doch mal deine Produktionshalle«, schlug sie vor, »ich fand deinen Käse gestern so lecker, noch besser als den, den du mir sonst nach Hause schickst. Und dein Olivenöl! Das ist Spitzenqualität!« Dieser Meinung war ich auch und darum mächtig stolz auf mein Geschäft.

Ich bat sie in meinen Anbau, wo ich meine Oliven zu Öl presste und meine Schafsmilch zu Käse verarbeitete. Mutti schaute sich die Apparate genau an: »Das ist sehr interessant, wirklich bemerkenswert, was du auf die Beine gestellt hast!«

Ich bot ihr einen Tropfen meines Öls an, das – davon war ich überzeugt – das beste weit und breit und völlig unverfälscht war: »Sicher«, räumte ich ein, um nicht zu großspurig zu wirken, »du findest in der Gegend viele gute Ölproduzenten, aber für so einen Amateur wie mich ist das echt ganz gut.« Als Mutti nur still lächelte, ahnte ich, dass sie mir meinen Bescheidenheitsversuch nicht ganz abgenommen hatte.

Nachdem ich ihr dann noch meine Unternehmensstruktur erklärt hatte, erstaunte sie mich mit der Frage nach den Stammkunden:»Merle hat dir dabei geholfen, nicht wahr?« Ich nickte:»Ja, sie hat überall Werbung für mich gemacht: in Deutschland, Österreich, der Schweiz, sogar aus Frankreich habe ich eine Anfrage!« Mutti nahm mich liebevoll in den Arm:»Ich bin froh, dass ihr euch so gut versteht. Hoffentlich bleibt es so.«

Ich erschrak:»Warum nicht?«, wollte ich wissen.»Weil ihr so verschieden seid. Aber das wart ihr schon immer und trotzdem habt ihr zusammengehalten wie Pech und Schwefel!«

Wir gingen zurück in die Villa Griegenta, wo Bianco wieder Ball spielen wollte. »Gibt er denn nie Ruhe?«, fragte mich Mutti lachend, als sie aus der Puste war. »Nein, es sei denn, du gehst mit ihm raus«, erwiderte ich und zeigte auf Halsband und Leine. Bianco verstand diesen Hinweis noch vor meiner Mutter und fing freudig an mit dem Schwanz zu wedeln und seinen Spaziergang einzufordern.

Erst am späten Vormittag kam Merle von Matteo zurück, Mutti und Bianco waren unterwegs, ich wischte gerade den Küchenboden. »Es sieht nicht gut aus«, berichtete sie. »Nur mit viel Glück bekommen wir das Problem hoffentlich halbwegs in den Griff. Sicher bin ich mir nicht…« Merle und Matteo hatten die kranken Tiere untersucht und ihnen Blutproben entnommen, die sie zum Veterinäramt nach Palermo schickten. »In ein paar Tagen wissen wir mehr… Was macht Mutti?« Ich erzählte es ihr. »Die frische Luft wird ihr gut tun. Sie braucht nach dem ganzen Chaos viel Ruhe«, berichtete ich. »Stimmt. So wie ich«, erwiderte Merle und winkte mir zu. »Ciao, ich gehe ins Bett. Mach´s gut, Anna.«

Als Mutti zurückkam, schwärmte sie: »Sizilien ist ein Paradies, so schön, so friedlich. Soviel unberührte Natur habe ich noch nie gesehen! Diese himmlische Ruhe! Stell dir vor, ich habe tatsächlich einige Girgentana-Ziegen gesehen! Die mit dem Horn auf dem Kopf! Die wir damals bei einem Ausflug in die Lüneburger Heide gesehen haben!«

Mutti war ganz euphorisch und ich wunderte mich, dass sie sich noch so gut an diesen verregneten Nachmittag in dem Gehege erinnerte. Als ich ihr erklärte, dass diese außergewöhnliche Ziegenrasse aus unserer Gegend um Agrigento stammte, kannte ihre Begeisterung keine Grenzen mehr: »Das hätte ich nicht für möglich gehalten! Ich muss sie unbedingt fotografieren! Erinnere mich daran, falls ich es vergessen sollte!« Cool, dachte ich,

Mutti fühlte sich also bei uns echt wohl. Vielleicht würde sie länger bleiben als geplant? Womöglich für immer? Ich fände das super. Sie zu fragen, wagte ich jedoch nicht. Noch nicht.

Stattdessen erzählte ich von meinen Erfahrungen, die ich auf der Insel gemacht hatte. Ich malte alles in den schönsten Farben aus: das Meer, das Valle di Templi, den Strand von San Leone, die Berge und ihre Steinbrüche, die endlosen Plantagen und unzähligen Brücken und Tunneln, die ich so liebte. Sie horchte auf: »Was?«, unterbrach sie mich erstaunt, »hast du keine Angst mehr vor den Tunneln und Brücken? Soviel ich weiß, war dir immer ganz mulmig zumute. Selbst vor dem Elbtunnel hattest du Angst und bist nach Harburg lieber über die Elbbrücken gefahren, als die A7 zu benutzen!« Lächelnd entgegnete ich: »Ach, das ist schon so lange her, ich kann mich kaum noch daran erinnern. Hier auf Sizilien muss man sich an die immensen Höhen und Tiefen gewöhnen, sonst kommst du nie von der Stelle.«

Einmal, gleich zu Beginn meines Aufenthaltes, war ich mitten auf der Autostrada von Catania nach Palermo stehen geblieben: »Ich bekam plötzlich wahnsinnige Angst, als ich von der Brücke hinuntersah in ein Tal, das mindestens ein, zwei Kilometer tiefer war als diese Brücke. Ich stellte mir vor, wie es wäre, wenn die Brücke jetzt einbrechen würde...

Dann aber setzte ich mich wieder ins Auto und machte mir klar, dass meine Angst völlig unbegründet war. Die Brücke hatte so lange gehalten, warum sollte sie ausgerechnet jetzt zusammenbrechen? Und überhaupt: Niemand baut bessere Brücken als die Sizilianer, davon war ich seit jeher felsenfest überzeugt!«

»Und wie rasant du inzwischen fährst! Das hat mir wirklich imponiert!«, lobte sie meine Fahrkünste. »Ach, das lernt man schnell. Oft fahre ich ganz allein auf der Autostrada, besonders nachts«, erzählte ich ihr. Dann wäre die Sicht auf die Lichter von Agrigento am schönsten: »Orange, blau, rot... Das ist überwältigend!«

Überhaupt war ich besonders gerne nachts draußen, im Garten oder auf der Straße. Meist kam Bianco mit, um sein Geschäft zu erledigen und mit den streunenden Hunden der Gegend zu kommunizieren: Egal, auf welchem Berg oder Abhang der unmittelbaren Gegend sie sich gerade befanden, sie bellten sich gegenseitig an, um sich zu grüßen und sich mitzuteilen. Bianco, der genauso viele Laute von sich gab wie die anderen Hunde, fühlte sich pudelwohl in der Clique. »Tiere sind viel sozialer als wir Menschen«, war meine Meinung.

Mutti nickte. »Ich kann dich gut verstehen. Erinnerst du dich noch, wie gerne wir einen Hund gehabt hätten, aber der Vermieter es nicht erlaubte?« Oh ja, wie oft hatte ich gebettelt, ohne dass der Vermieter nachgab.

Zu meinen ersten Wünschen, die ich mir erfüllte, gehörte deshalb Bianco. Er war einer der Welpen, die Fabios Hündin Luna zur Welt gebracht hatte und die er so früh von der Mutter wegholte, dass ich ihn mit der Flasche großziehen musste.

Wahrscheinlich waren wir deshalb einander so eng verbunden. Er wollte am liebsten immer nur bei mir sein. Wenn es mir schlecht ging, wich er mir nicht von meiner Seite, war ich zufrieden, war er es auch. Unseren Hof hütete er wie seinen Augapfel, ohne dass ich es ihm beigebracht hatte, und insgesamt fühlte er sich wie der Chef einer »Security«.

Als Bianco ein Jahr alt war, stand ich vor der Entscheidung, ihn kastrieren zu lassen. Ich entschied mich dafür, nachdem mir Merle ins Gewissen geredet hatte: »Wenn du unbedingt Nachwuchs haben willst, hol dir einen der Hunde, die herumstreunen. Sie haben kein schönes Leben, sind alleine und immer auf der Suche nach Essbarem. Und wenn sie alt sind, kümmert sich niemand mehr um sie.« Das stimmte. Ich fuhr also nach Palermo, wo der Tierarzt seine Praxis hatte.

Als ich ein paar Monate später im Dorf meine Post abholen wollte, sah ich einen ganz alten, blinden und total abgemagerten Hund vor dem Eingang des Gebäudes sitzen. Er tat mir so leid. Er folgte mir bis zu meinem Auto. Ich hätte ihn gerne zum Tierarzt gefahren, hatte aber

Angst, mir durch den Hautkontakt eine ansteckende Krankheit zu holen und fasste ihn deshalb nicht an. Um ihm eine Freude zu machen, ging ich zu dem kleinen Tante Emma-Laden am Dorfbrunnen und bat die Verkäuferin Mortadella in kleine Stückchen zu schneiden und in Papier einzuwickeln. Dann fragte ich noch nach einem Schälchen mit Wasser und bekam beides.

An meinem Auto lag noch immer der alte, unbekannte Hund. Ich gab ihm zu essen und zu trinken und er verschlang alles im Nu. Dann stand er mühsam auf und ging.

Ich habe ihn nie wiedergesehen. Doch immer, wenn ich bei der netten jungen Verkäuferin meine Lebensmittel besorgte, dachte ich an ihn. Ich bin sicher, es war die letzte Mahlzeit seines Lebens.

Mutti kamen fast die Tränen, als sie diese Geschichte hörte und sie bat mich, ihr diese nette Verkäuferin vorzustellen.

Ich versprach es und wäre am liebsten sofort losgefahren, hätte sie nicht den Wunsch geäußert, jetzt lieber in die Stadt zu fahren und sich das Meer anzuschauen, das im Winter genauso schön ist wie im Sommer.

22

»Eine Superidee! Ich zeige dir ein bisschen die City, und anschließend gehen wir zu Alessandro und Angelina etwas essen. Sie werden sich garantiert freuen!«

»Was ist mit Merle? Wollen wir sie wecken?« Ich schüttelte den Kopf: »Sie ist ziemlich fertig. Lassen wir sie schlafen.«

Kaum hatte ich meine Stiefel angezogen und die Autoschlüssel in der Hand, klingelte das Telefon. »Schnell, vielleicht ist es Matteo«, rief Mutti und ich stürzte an den Apparat. Ja, so war es. »Ist deine Freundin da?«, fragte er hastig. »Was ist passiert?«, schrie ich ihn an. »Noch ein Lamm... ist tot.«

Ich holte tief Atem, versuchte ihn zu beruhigen: »Ich sage Merle Bescheid. Sie wird gleich kommen.« Sofort rannte ich los und bumperte gegen Merles Schlafzimmertür. »Aufwachen! Schnell!«, forderte ich sie auf. »Bist du noch bei Trost?!«

Völlig verschlafen stand Merle im Schlafanzug vor mir und rieb sich die Augen. »Ist was passiert?«, murmelte sie. »Jaaaaa«, rief ich so laut ich konnte und erzählte ihr von Matteos Anruf.

Keine fünf Minuten später saßen wir, Mutti, Merle und ich, im Auto und brausten los.

Matteo war sichtlich aufgelöst. So traurig, so verzweifelt hatte ich ihn noch nie gesehen. »Raus, schnell«, rief meine Mutter, Merle sprang aus dem Wagen, hin zu Matteo, den sie herzlich umarmte. »Bis später«, rief sie uns zu und verschwand im Stall. »Warum hat er seine Schafe im Stall und nicht auf der Weide?«, wollte Mutti wissen. »Weiß nicht«, murmelte ich, »vielleicht sind seine kranken Schafe im Stall und die gesunden auf der Weide.«

Traurig fuhren wir in die Stadt. Wie immer, herrschte in den Straßen und auf dem Wochenmarkt das reinste Chaos. »Brauchen wir was?«, fragte ich Mutti. »Obst? Süßes? Deutschen Kaffee?« Sie war verblüfft: »Deutschen Kaffee?«, fragte sie ungläubig, »woher willst du deutschen Kaffee bekommen?«

»Da drüben, um die Ecke, findest du den Kaffee in dem deutschen Discounter, und hier auf dem Markt gibt es noch einen Stand, der deutsche Lebensmittel hat.« Obwohl ich ihr den Verkäufer gern gezeigt hätte, winkte Mutti ab: »Nein, auf Sizilien möchte ich keine deutschen Produkte haben. Hier leben wir sizilianisch!«

Das gefiel mir. So war sie, meine Mutter. Eine wundervolle Frau. Ich hatte sie seit jeher bewundert, schon als kleines Kind. Immer hatte sie versucht mich aufzuheitern, wenn es mir schlecht ging. Wenn ich eine Fünf nach der anderen in Latein nach Hause brachte, sagte sie oft: »Wenn du Latein kannst, kannst du alle frankophilen Sprachen«, und ich hatte geantwortet: »Franko-was?« Daraufhin hatte sie gelacht und gemeint: »Französisch, Italienisch, Spanisch.« Trotzdem wurden meine Sprachkenntnisse so lange nicht besser – bis mir Mutti einen Italienaufenthalt versprach. Von da an machte Lernen Spaß, und meine Zensuren wurden nie schlechter als eine Drei.

Die Italienreise machten wir wirklich. Es ging nach Taormina. Als wir auf dem Flughafen Catania landeten, waren es garantiert über 35 Grad. Ich liebte die Hitze und war sofort begeistert. Zwar gelang es uns erst spät ein Taxi zu finden, das uns zum Hotel fuhr, dafür war aber die Fahrt umso lustiger. Der Fahrer war in Deutschland aufgewachsen, wo sein Vater in einer Fabrik arbeitete, und als dieser in Rente ging, zog er mit seiner Familie zurück nach Sizilien. Sein Deutsch war hervorragend, und als ich mit meinen Lateinkünsten punkten wollte, nickte er zwar immerzu, aber erst im Laufe der Fahrt verstand ich, dass er überhaupt kein Latein konnte und Mutti mir nur die halbe Wahrheit gesagt hatte. Es wurde eine super Zeit, und schon damals ahnte ich, dass Sizilien mein Schicksal werden würde.

Auf dem Markt fror ich zwar entsetzlich, versuchte mir aber trotzdem nichts anmerken zu lassen. Dass meine Erkältung noch längst nicht vorbei war, hatte ich geahnt.

Doch Jammern half nichts, da musste ich durch. Wir schlenderten durch die Straßen. Ich wollte Mutti die wunderschöne Kathedrale zeigen, die Bibliothek, die engen Gassen mit den vielen Geschäften. Sie war von den Auslagen stark beeindruckt. Vor dem Schaufenster eines Juweliers blieb sie stehen: »Fühlst du dich in der kalten Jahreszeit nicht besonders oft alleine?«, fragte sie ohne erkennbaren Anlass. Was sollte die Frage?

Ich merkte, dass ich ein bisschen verunsichert war und verneinte schnell, erzählte ihr dann von den paar Weihnachtswochen, in denen ich viel lesen und mich entspannen konnte. »Es ist vielleicht die schönste Jahreszeit.« Sie gab sich damit zufrieden, wie mir schien. Ob das aber wirklich so war, weiß ich bis heute nicht. Jedoch hatten wir beide anschließend keine Lust mehr zum Reden.

Umso besser konnte ich meine Mutter während unseres Spazierganges beobachten. Die vielen Treppen machten ihr zu schaffen. Sie legte öfter Pausen ein, hielt sich manchmal sogar an einer Mauer fest und kam nur schrittchenweise voran. »Warte hier, ich hole das Auto«, schlug ich ihr vor. Sie verneinte und ließ es sich nicht nehmen, mit mir gemeinsam zum Auto zu gehen und danach gemütlich zum Restaurant zu fahren. Wir stellten den Wagen an der Promenade ab und gingen die letzten Meter zu Fuß. Nun dachte ich wieder an Matteo. Würde

Merle ihm helfen können? Sehnsüchtig blickte ich auf mein Handy und schaute nach, ob sie mir eine SMS geschickt hatte. Hatte sie nicht.

Alessandro und Angelina stritten sich gerade, als wir ihre Terrasse betraten. Ich fand die Szene peinlich, denn sogar draußen konnte man sie schreien hören. Und das, obwohl wir nicht alleine waren. In der Ecke saß er wieder, dieser Fremde, den ich schon kennen gelernt hatte und weswegen sich Alessandro und Angelina wohl wieder in der Wolle hatten: »Du bleibst hier!«, rief Alessandro, »Angelina, du...!«

Als er uns auf der Terrasse stehen sah, hielt er inne: »Ciao, bella«, flötete er und seine ganze Wut schien wie weggeblasen. Im gleichen Moment kam er aus seiner Küche heraus, hinter ihm seine Frau, beide anscheinend bester Laune und fröhlich winkend. Da kenne sich einer mit den Sizilianern aus, dachte ich und schüttelte den Kopf. Schon hatte ich meine Küsschen, Mutti wurde gleich mitgeherzt, und mit großem Hallo luden uns beide zum Hinsetzen ein, empfahlen ihre kulinarischen Highlights und warteten ungeduldig, bis wir uns entschieden hatten. Ihren Streit erwähnten sie mit keiner Silbe, den Fremden beachteten sie gar nicht.

Das Essen war wieder vom Feinsten: frischer mediterraner Salat, Spaghetti mit Pesto, Feigen! »Sie sind ein wundervoller Koch!«, lobte Mutti Alessandro, als sich dieser nach dem köstlichen Mahl zu uns gesetzt hatte. »Wirklich himmlisch!«

»Da haben Sie Recht, gnädige Frau«, war aus der hinteren Ecke der Terrasse zu hören. Flugs drehten wir uns um. Ronald, dieser mysteriöse Fremde, prostete uns mit einem Glas Rotwein zu. »Salute!«

»Wer ist das?«, flüsterte Mutti, bevor ich ihm ebenfalls mit einem »Salute« und einem Glas Wasser zuprostete. Das musste er wohl als Aufforderung verstanden haben, weil er sich nun erhob und auf unseren Tisch zu schlenderte.

Ich schaute zu Alessandro, dessen Gesicht rot anlief. Er erhob sich blitzschnell, packte Angelina an der Hand und verschwand mit seiner Frau in der Küche.

Hoffentlich bekommen sich die zwei nicht gleich wieder in die Haare, dachte ich – da stand er schon vor uns. Groß, braungebrannt, super gut angezogen. Ronaldo – who?

»Gestatten, Madame. Ich bin Ronald von Straaten«, sagte er und neigte sich zu meiner Mutter hinunter, die auf dem Stuhl saß und ihn baff anschaute.

Auch sie stellte sich vor und beide kamen sofort ins Gespräch, ohne mich groß zu beachten. Ich fand das okay, schließlich mochte ich ihn nicht.

Nach einer ganzen Weile nahm er mich schließlich doch wahr und drehte sich zu mir um: »Excuse, Anna. Ich wollte nicht unhöflich sein.« Wolltest du doch!, dachte ich, lächelte dennoch gekonnt nett und nickte, ab ob ich seine Entschuldigung annähme.

Mutti warf uns einen erstaunten Blick zu. »Was? Ihr… Sie kennen sich?«, fragte sie erstaunt. »Ja, ich hatte bereits das Vergnügen«, erläuterte Ronald und versuchte es mit Freundlichkeit: »Dass Sie Mutter und Tochter sind, sieht man gleich. Dieselbe Schönheit, mein Kompliment!« So ein Schnösel!, giftete ich im Stillen und wunderte mich über meine Mutter, die dieses schmierige Gerede ernstnahm und ihm aufmerksam lauschte, während ich mich zu langweilen begann. »Kommen Sie mich besuchen, ich würde mich sehr darüber freuen«, forderte er uns jetzt auf, »vielleicht zwischen den Feiertagen?«

»Geht nicht, da haben wir schon etwas vor«, mischte ich mich in das Gespräch ein. Beide sahen mich erstaunt an. »Macht nichts, vielleicht ein anderes Mal«, reagierte Ronald schnell, ohne dass er wegen meiner pampigen Antwort verstört wirkte. Mutti nickte stumm und Ronald verabschiedete sich, vielleicht, weil er spürte, dass er mir auf die Nerven ging und ich lieber mit Angelina und Alessandro zusammen sein wollte. Jedenfalls legte er einen 100-Euro-Schein unter sein Rotweinglas auf den Tisch und machte sich mit einem »Ciao« davon.

»Er ist richtig zudringlich!«, erboste sich Alessandro. »Er versucht mich jedes Mal mit seinem Geld zu demütigen. Aber das gelingt ihm nicht!« Um Mutti über die Sachlage zu informieren, schilderte er kurz, wie dieser Ronald ihn zum Verkauf seines Restaurants bewegen wollte: »Mein Ristorante bekommt der nicht! Niemand auf der Welt wird Alessandro das schönste Restaurant der Welt wegnehmen!«

»Vielleicht ist es gar keine schlechte Idee, wenn der Herr Ronald viel Geld in Ihr schönes Restaurant investiert«, überlegte Mutti, »Sie haben fünf Kinder, hat mir meine Tochter erzählt. Es wäre doch schön, mehr Zeit für die Kleinen zu haben. Oder nicht?«

»Kommt gar nicht in Frage!«, erboste sich Alessandro, »nur über meine Leiche!«

»Vielleicht kann man mit dem Herrn verhandeln«, schlug Mutti nun vor, »vielleicht zahlt er für den Kauf viel Geld und übernimmt Sie als Koch. In Deutschland macht man das manchmal so!«

»Wir sind nicht in Germania!«, sagte Alessandro so betont laut, dass wir es vorzogen, das Thema zu wechseln und auf die Bambini zu sprechen kamen, die sein ganzer Stolz waren. »Gute Kinder sind das«, sagte er mindestens zehnmal mit so glücklich strahlenden Augen, wie sie nur ein italienischer Papa haben kann. Mutti und Alessandro verstanden sich auf Anhieb. Beide liebten Kinder über alles, und weil sie nicht genug hören konnte von der Rasselbande, schloss er meine Mutter sofort und wahrscheinlich für immer in sein Herz.

Angelina wurde es zu viel. Sie bat mich in die Küche, damit wir in Ruhe reden konnten. »Ich habe so lange über den Mann nachgedacht, der uns Glück bringen soll, aber ich kenne keinen außer den Signore Ronaldo. Anna, er mag dich. Warum triffst du dich nicht mit ihm und bist ein bisschen lieb zu ihm?«

Ich war fassungslos. »Angelina!«, rief ich so laut, dass es bestimmt die ganze Stadt hören konnte, »was fällt dir ein? Was hältst du von mir?«

Angelina blieb ganz cool: »Manchmal«, so glaubte sie mich belehren zu müssen, »kommt das Glück erst auf den zweiten Blick. Außerdem sieht er gut aus, hat ein Haus, bestimmt ein dickes Bankkonto...

Aber gut, du musst es selbst wissen...«

Wortlos drehte ich mich um und ermunterte Mutti mit nach Hause zu kommen. Alessandro wunderte sich zwar über meine Reserviertheit, sagte aber nichts.

23

Es war später Nachmittag, die Sonne ging schon halb unter, als wir uns auf den Heimweg machten. Komisch, die ganze Zeit über hatte ich nicht mehr an Matteo und Merle gedacht. Nervös schaute ich auf mein Handy. Gab es eine Info? Nein. »Einen Moment, ich versuche Merle zu erreichen«, bat ich meine Mutter, nachdem wir ins Auto eingestiegen waren. Schade, ich hatte keinen Empfang. Na gut, dann führen wir nach Hause und würden es dort wieder versuchen. Heimlich betete ich, damit es den Tieren bald besser gehen sollte und klammerte mich an Merle, die eine gute Tierärztin war.

Sie hatte mir einmal selbst geholfen, als ich in Not war. Ich hatte eine süße kleine Katze, Nicki. Eines Tages, zu Ostern, fraß sie plötzlich nicht mehr und zog sich völlig von uns zurück. Zum Glück war Merle gerade bei mir und konnte sie untersuchen. Sie diagnostizierte die richtige Erkrankung und rettete Nicki so das Leben. Ohne Umschweife brachte sie die Kleine in die nächste Tierklinik, wo ihr sofort ein fingergroßer Tumor entfernt wurde. Wäre Merle nicht gewesen, wäre Nicki qualvoll gestorben. So lebte sie noch weitere zwei Jahre.

Zu Hause wartete Bianco aufgeregt an der Tür, um spazieren zu gehen. Mutti opferte sich, nahm die Leine und verschwand, während ich versuchte, Kontakt zu Matteo und Merle zu bekommen. Endlich klappte es.

Merle sagte nur knapp, sie käme jetzt nach Hause und würde mir dann alles berichten. Klang das nun gut oder schlecht? Ich konnte mir keinen Reim darauf machen.

Eine knappe Viertelstunde später stand Merle an der Tür, Matteo hatte sie mit seinem Auto gebracht und war danach sogleich davongefahren. Das machte mich stutzig: Ging es ihm so schlecht, dass er ohne Gruß verschwand?

Merle beruhigte mich ein wenig: Sie könnte zwar noch nicht viel sagen, aber eine Epidemie wäre inzwischen wahrscheinlich ausgeschlossen. Trotzdem würde erst das veterinäre Ergebnis Klarheit bringen. »Was ist, wenn Matteo seine Tiere einschläfern lassen muss, und wenn womöglich noch Tiere aus anderen Herden angesteckt werden?«, fragte ich sorgenvoll. Merle blieb ruhig: »Mal nicht den Teufel an die Wand. Wir können noch nichts sagen!« Zu Matteo meinte sie lediglich, er nähme die Tragödie »ziemlich gefasst« auf. »Noch...«

Um ihn machte ich mir große Sorgen. Er lebte von der Tierzucht. Wenn er seine Schafe verlieren würde, fehlte ihm jede finanzielle Grundlage und seine Existenz wäre womöglich vernichtet. Ich wollte ihn anrufen, aber Merle hielt mich zurück: »Deine Panik macht alles noch viel schlimmer. Lass uns abwarten!«

Normalerweise wäre ich sauer auf Merle gewesen, weil sie über mich bestimmte. Doch weil diese Angelegenheit zu ernst war, um einen Streit anzufangen, schwieg ich. Merle musste man nehmen, wie sie war: eine Freundin, meine beste Freundin, eine selbstständige Frau, die nur das tat, was sie für richtig hielt, ohne daran zu denken, wie ihr Verhalten manchmal auf andere wirkte.

Als Mutti heimkam, erzählten wir ihr alles. Sie behielt einen kühlen Kopf. »Stimmt, Merle«, sagte sie, »wir lassen Matteo lieber in Ruhe.«

Ich konnte in dieser Nacht lange Zeit nicht einschlafen, sondern dachte stundenlang über eine mögliche Epidemie unter den Schafen im Dorf nach. Sie würde viele Familien betreffen und die Menschen bettelarm machen. Eine Lösung, diese Katastrophe zu verhindern, fand ich nicht und hoffte deshalb umso mehr auf Merles Hilfe.

24

In aller Herrgottsfrühe klingelte mein Handy. Matteo erkundigte sich, wann Merle käme, und ob er sie abholen sollte. »Weiß nicht«, antwortete ich schläfrig, »ist was passiert?« Schweigen. Dann: »Ich brauche sie. Bitte sag ihr, dass sie schnell kommen soll!« Sofort stand ich auf, hämmerte an Merles Tür – als ihre Stimme vom

Erdgeschoss herauf zu hören war: »Willst du dein Haus ruinieren? Ich bin unten!«

Ich rannte die Treppen hinunter in die Cucina, wo Merle voll bekleidet am Tisch saß und einen Espresso in der Hand hielt: »Noch diesen Schluck, dann bin ich weg«, sagte sie gehetzt. »Woher weißt du…?«, fragte ich sie, ohne eine Antwort zu bekommen. Stattdessen teilte sie mir mit, dass ich zu Hause bleiben sollte und sie das Auto nähme, um zu Matteo zu fahren. Ohne auf meine Erlaubnis zu warten, schnappte sie sich die Schlüssel und brauste kurze Zeit später davon.

Ich war ein bisschen verärgert. Ich hatte wohl überhaupt nichts mehr zu sagen. Alles schien an mir vorüberzuziehen, als gehörte ich gar nicht dazu! Das gefiel mir nicht! Bianco kam zu mir, stupste mich am Knie und wollte mir damit sagen, dass er dringend auf die Straße musste. Ich tat ihm den Gefallen, obwohl es mir keinen Spaß machte. Ich fror, obwohl ich mich dick angezogen hatte und haderte mit meinem Schicksal. Warum musste es so kalt sein? Warum konnten wir nicht immer schönes Wetter haben?

Als wir zurückkamen, hatte Mutti den Frühstückstisch fertig gedeckt und fragte nach Merle. Ich erzählte, was ich wusste; das war nicht viel. »Warum befragst du nicht deine Séancekarten, wie es weitergeht? Dann bekommst du deine Antwort.« Keine schlechte Idee, fand ich und

129

frühstückte erst mit Mutti, um mich danach mit meinen Séancekarten zurückzuziehen. Als Mutti dabei sein wollte, weigerte ich mich: »So kann ich mich besser konzentrieren, und heute will ich nur nach Matteo fragen.«

Das Schicksal ließ sich viel Zeit, obwohl ich meine Frage klar formuliert hatte: »Werden die meisten von Matteos Schafen überleben?« Irgendwie passten meine Karten heute nicht zusammen, das Ganze machte keinen Sinn, es herrschte das reinste Chaos. Ich mischte die Karten neu, doch wieder scheiterte meine Befragung. Vielleicht bist du zu unkonzentriert, überlegte ich, schaute einen Moment lang auf meine angezündeten Kerzen auf dem Tisch, schloss danach beide Augen und horchte in mich hinein. Ja, jetzt würde es klappen, das merkte ich und mischte ein weiteres Mal die Karten. Erneut stellte ich meine Frage ganz laut: »Werden die meisten von Matteos Schafen überleben?« Ich zog die Karten und legte sie sorgfältig vor mir auf den Tisch.

Erst sah es düster aus. Je mehr Karten ich aber aufnahm, desto positiver wurde das Ergebnis. Schließlich stand fest: Ja, es würde nicht lange dauern, dann wäre seine Herde gesund und Matteo wäre glücklich!

Mutti freute sich über das Ergebnis: »Ich bin heilfroh, dass alles gut wird. Ruf Merle an und frag, wann sie kommt.«

Merle war nicht zu sprechen, auch Matteo hatte sein Handy ausgeschaltet. Mir ging die Suche inzwischen ganz schön auf den Keks. Warum schotteten sich die zwei ab? Ich hatte doch gute Nachrichten für sie. »Du musst geduldiger sein«, versuchte mich Mutti zu beruhigen, »du wirst sehen, es gibt keinen Grund sich zu sorgen.«

Als Merle heimkam, sah das anders aus. Ihr Blick war versteinert, sie grüßte kaum. »Was ist passiert?«, wollte ich wissen. »Heute früh hat Matteo noch ein totes Schaf gefunden. Er weiß nicht mehr weiter. Wie können wir ihm bloß helfen!?«

Ich wusste Rat: »Merle!«, rief ich laut, »es wird alles gut. Ich hab´s heute in der Séance gesehen! Die Karten sagen, er wird noch wahnsinnig viel Glück haben. Bald!«

»Lass den Unsinn!«, schrie mich Merle an, »das hier ist kein Spiel. Es ist bitterer Ernst!«

»Das weiß ich!«, giftete ich zurück und wurde so wütend, dass ich wie ein Kind mit dem rechten Fuß auf den Boden stampfte! Merle schüttelte den Kopf und ging.

Ich blieb verdattert zurück. Was war mit ihr los? »Du musst sie verstehen«, meinte Mutti, »sie hat Angst wegen Matteo.«

»Ich etwa nicht? Matteo ist mein Freund!« Mutti wollte vermitteln: »Das weiß ich, das weiß jeder. Aber wir können im Moment nur hoffen, dass diese schwere Zeit bald vorbei ist. Du hast selbst gesagt, dass alles gut wird!«

»Sag ich doch!«

Von Merle sahen und hörten wir nichts mehr.

25

Als ich am nächsten Morgen nach unten ging, sah ich, dass der Autoschlüssel weg und Merle vermutlich wieder auf dem Weg zu Matteo war. Ob ich sie anrufen sollte? Nein, ich hatte keine Lust dazu, zumal ich nicht wusste, ob sie ihr Handy überhaupt mitgenommen hatte.

Gegen Mittag wurde es mir zu bunt und ich rief doch bei Matteo an, um Neues zu erfahren. Er ging nicht ans Telefon. Warum nicht? »Ich gehe zu Matteo, bleibst du hier und wartest auf Merle?«, fragte ich meine Mutter, die den Kopf schüttelte: »Ohne Auto? Du brauchst mindestens eine halbe Stunde! Lass das! Du bist noch immer erkältet! Außerdem haben wir heute Heilig Abend!« Mir war das egal. Ruckzuck hatte ich mich angezogen und ging los.

Als ich auf Matteos Hof ankam, bemerkte ich nichts Außergewöhnliches. Schnurstracks ging ich zum Haus, öffnete die Tür - die nie verschlossen war – und fand die zwei dort vor dem Kaminfeuer. »Warum gehst du nicht ans Telefon?«, herrschte ich Matteo an.

»Was fällt dir denn ein?«, schrie mich Merle an, »wie redest du mit Matteo?« Ich merkte, dass ich zu heftig gewesen war und schaltete einen Gang zurück: »Sorry!«, sagte ich leise, obwohl Matteo gar kein Englisch verstand. »Was ist? Wie geht es den Tieren? Und warum sieht und hört man nichts von euch?«

»Wir haben heute einen Plan entworfen, wie wir die Herde von dem Virus befreien können«, klärte mich meine Freundin auf, »es ist zum Glück halb so schlimm. In ein, zwei Wochen ist alles in Ordnung.« Klar, darüber freute ich mich. Trotzdem hätte Matteo ans Telefon gehen können, als ich anrief!

»Wir haben dich nicht gehört«, entschuldigte er sich, »wir waren die meiste Zeit im Stall und wärmen uns gerade auf. Es ist so kalt draußen...« Dieses »Aufwärmen« hatte ich selbst gesehen: Engumschlungen hatten Merle und Matteo vor dem Kamin gesessen! Wie ein Liebespaar! Ich war sauer. Anstatt sich um die Tiere zu kümmern, kuschelten sie, als wäre es das Natürlichste von der Welt! Wie schamlos! Ich wollte schimpfen, als sich Merle aus der Umklammerung befreite, aufstand und nickend meinte: »Hab nicht darüber nachgedacht.« Matteo stand ebenfalls auf und zuckte unsicher mit den Schultern: »Ist doch nicht schlimm...«, meinte er leise. »Bitte denk daran, dass wir ab 18 Uhr Weihnachten feiern«, rief ich ihm zu, nachdem wir uns umarmt hatten und ich mit Merle das Haus verließ. Matteo nickte, antwortete aber nicht. Ziemlich sauer stiegen wir beide ins Auto und sprachen kein Wort miteinander.

Zu Hause löcherte uns Mutti mit Fragen. Erst als uns Merle erzählt hatte, dass Matteos gesunde Schafe inzwischen geimpft und wahrscheinlich außer Lebensgefahr waren, kehrte Ruhe ein.

Trotzdem war ich sauer auf Merle. Ich mochte nicht, dass sie mit meinem Matteo kuschelte. Wie das aussah! Außerdem herrschten bei uns andere Sitten als in Schwerin! Auf Sizilien kuschelte man nicht mit einem Mann, ohne dass man mit ihm zumindest verlobt war! So locker, wie Merle immer ihre Beziehungen lebte, konnte sie das bei uns nicht machen. Das würde Ärger geben!

Nachher fragte ich Merle, ob sie mit mir und Bianco einen Spaziergang machen wollte und sie sagte gleich ja, obwohl sie noch ziemlich muksch war. Es war sehr kalt, aber die Luft war klar. Ich fühlte mich noch immer nicht gut und es dauerte lange, ehe ich meinen ganzen Mut zusammen nahm: »Was sollte das vorhin?« Merle machte auf unschuldig: »Was?«

»Wie du..., wie du mit Matteo... gekuschelt hast!«

Merle lachte laut: »Gekuschelt? Ja, was glaubst du denn?«

»Ja, gekuschelt!«

»Quatsch, du siehst Gespenster. Wir haben uns aufgewärmt, das war alles!«

Ich war empört. Das war viel mehr als nur »aufgewärmt« gewesen! Außerdem war Matteo sehr sensibel und vielleicht dachte er jetzt, dass Merle, ausgerechnet Merle!, seine Traumfrau wäre, die ich ihm mit meiner Séance angekündigt hatte! Sie hatte schließlich lange braune Haare, und so eine Frau hatte ich ihm tatsächlich vorhergesagt! Je länger ich darüber nachdachte, desto mehr erschrak ich! Oh Gott, wenn das wahr wäre, das wäre ja furchtbar, eine Katastrophe. Jeder würde darunter leiden, besonders mein Matteo!

Behutsam versuchte ich Merle die Situation zu erklären, aber meine Freundin interessierten meine Worte gar nicht: »Glaub ich nicht«, sagte sie und wollte so lapidar meine Ängste vom Tisch wischen. »Wir haben nichts Böses getan! Das bisschen Umarmung schadet nicht!«

Doch, dachte ich, das schadete! Das schadete seiner Seele! Er war so unglücklich und machte sich jetzt vielleicht Hoffnung! »Na gut, dann hat er wenigstens schöne Träume«, flutschte es aus Merle raus.

Als ich abrupt stehen blieb und sie bitterböse ansah, merkte sie, dass sie sich ihre Worte besser geschenkt hätte: »Tut mir leid, Süße, aber wir haben echt nichts Schlimmes gemacht...« Echt nicht? Da war ich mir nicht so sicher. Im Gegenteil! Aber ich schwieg.

Mutti überraschte uns zuhause mit ihrem Vorschlag: »Was haltet ihr davon, wenn wir heute Abend zunächst zusammen essen, dann die Geschenke austauschen, und danach erst in die Heilige Messe in der Stadt gehen?«

»Ja!« Ich war begeistert, wandte aber ein, dass Matteo schon gegen sechs Uhr käme! Mutti schaute zu Merle und bat sie, bei Matteo anzufragen, ob er damit einverstanden wäre. Obwohl lieber ich angerufen hätte, blieb ich still und hörte genau zu, was Merle und Matteo miteinander am Telefon besprachen. Im Nachhinein erzählte sie uns von seinem Einverständnis.

Ich verriet: »Auf Sizilien ist es Tradition, am Heiligen Abend sieben verschiedene Sorten Fisch zu essen.« Deshalb lagen im Kühlschrank Seeteufel, Wolfsbarsch, Petersfisch, Seezunge, Steinbutt, Meerbrasse und Rotbarbe zur Verarbeitung bereit. Mutti wollte sie zubereiten, Merle sollte für den Salat, das Gemüse und die Pasta und ich für das Dessert zuständig sein. Während ich mit der Einteilung zufrieden war, mäkelte Merle herum: »Das ist ungerecht! Ich habe die meiste Arbeit!«

»Na gut«, erwiderte Mutti, »dann mache ich das selbst. Aber nur, wenn ihr euch wieder vertragt! Okay?« Wie Kinder, nickten wir friedlich.

Als es dunkel war, stellten wir im Haus viele Kerzen auf und warteten auf den Gast. Unsere Stimmung war gut, wir hörten viele deutsche Weihnachtslieder und genossen die Wärme, die aus dem Kamin zu uns herüber strahlte.

Bis das Telefon klingelte. Da ich dachte, es wäre Matteo, rief ich ein fröhliches «Buon Natale!« in den Hörer. Da traf mich fast der Schlag!

»Schatzi, fröhliche Weihnachten«, vernahm ich die Stimme, die ich von früher her kannte und nie mehr hatte hören wollen.

»Du...?«, fragte ich erschrocken. Ich wusste genau, wen ich an der Strippe hatte: Martin, meinen Ex. Diesen Vollidoten, diesen Vollpfosten. Mit großer Mühe hielt ich mich zurück und versuchte eiskalt zu wirken: »Du wagst es mich anzurufen?«

»Ich will dir schöne Weihnachten wünschen, Schatzi«, antwortete dieser Dreckskerl leise. Mich fröstelte. »Ich bin nicht dein Schatzi!«, rief ich erbost in den Hörer, »ciao, auf Nimmerwiederhören!« Meine Stimme überschlug sich fast, so sauer war ich. Wütend knallte ich den Hörer hin!

Dann überlegte ich. Woher hatte dieser Mistkerl... meine Telefonnummer? Wieso meldete der sich plötzlich bei mir? Nach all den Jahren? Was wurde eigentlich gespielt? Um wieder zur Ruhe zu kommen, setzte ich mich in meinen Lieblingssessel und überlegte, wo der Whisky, den ich mir mal am Flughafen gekauft hatte, versteckt war.

»Na, hast du schon den Weihnachtsmann gesehen?«, lachte Merle fröhlich, als sie ins Wohnzimmer kam und mich in meiner Fassung antraf. »Was?«, fragte ich irritiert.

»Na, das Christkind!«, rief sie belustigt und sang die erste Strophe von »Alle Jahre wieder kommt das Christuskind...« Sie hielt inne: »Sag mal, was ist los?«

»Du«, mir stockte der Atem, »weißt du, wer gerade angerufen hat?« Merle erschrak, riss die Augen weit auf und setzte sich: »Matteo? Wie viele Schafe sind...?«

»Nein«, unterbrach ich sie und brachte es kaum übers Herz seinen Namen zu nennen: »Mar... Martin!«

»Ach der«, meinte sie lachend und schüttelte den Kopf, »na und? Der ist doch Schnee von gestern!«

»Schnee von gestern?«, wiederholte ich gereizt, »woher weiß der, wo ich wohne?« Ich wagte nicht, meine Vermutung laut auszusprechen: Es konnte nur Merle gewesen sein, die dem Kerl meine Nummer gegeben hatte! Es gab keinen anderen. Ich stand nicht im Telefonbuch, hatte die Nummer nicht bei facebook hinterlassen, kurzum: Ich war nirgendwo zu finden. Stimmte das wirklich? Hatte mich meine beste Freundin, meine »best friend forever« hintergangen und mein Vertrauen missbraucht? Wenn ja, konnte sie was erleben!

Merle blieb cool: »Martin hat mich letztens angerufen und wollte deine Nummer haben. Ich habe sie ihm natürlich gegeben, ist ja kein Beinbruch.«

»Was hast du...? Wie bitte?«, schrie ich, »kein Beinbruch? Dieser Dreckskerl hat mein Leben zerstört!«

»Nun mal halblang«, Merle redete auf mich ein, als wäre ich blöd, »Martin hat dir Glück gebracht. Was willst du also?« Mir reichte es. »Geh mir aus den Augen«, rief ich wütend. »Raus! Ich will dich nie wiedersehen! Du hast mich belogen! Mich, deine beste Freundin!« Wütend zeigte ich auf die Haustür.

Merle ließ sich nicht lange bitten, sondern verließ wortlos das Haus. Durch das Fenster konnte ich sehen, wie sie mit ihrem Handy telefonierte. Kungelte sie jetzt mit diesem Arsch?

»Was ist los?« Mutti stürmte ins Zimmer, sie war völlig aufgelöst. Sie hatte nur laute Stimmen gehört und wollte wissen, was vor sich ging. Ich erzählte ihr stockend, was geschehen war und wollte, dass sie mich tröstete und mich in den Arm nahm.

Das tat sie aber nicht. Stattdessen begann sie zu schimpfen, weil sie mich nicht verstand. »Deshalb schmeißt du deine beste Freundin aus dem Haus? Das kann nicht dein Ernst sein!« Pragmatisch erklärte sie Weihnachten für beendet, doch soweit wollte ich es nicht kommen lassen: »Sie soll bleiben, wo der Pfeffer wächst. Das ist mir egal. Aber Matteo soll kommen. Er gehört zu mir.«

»Nein!«, erklärte Mutti kategorisch, »entweder beide oder keiner. Sonst fliege ich mit der nächsten Maschine nach Hause und du siehst mich nie wieder!« Um das Schlimmste zu verhindern, und obwohl ich ihre Haltung nicht verstehen konnte, gab ich klein bei. Auch als sie mich aufforderte, ihr weiter beim Abendessen zu helfen, gehorchte ich und wartete anschließend mit ihr auf Matteo und Merle, die sich viel Zeit ließen und erst gegen zehn Uhr eintrudelten.

Beide kamen in seinem Auto. Matteo machte einen bedrückten Eindruck, Merle war eher gelassen und friedlich. Wirklich fröhlich schien niemand zu sein und so spielte Mutti die Gastgeberin, während ich schmollte. Das Essen war ausgezeichnet; es zeigte sich wieder einmal, welch hervorragende Köchin meine Mutter war. Über die

Geschenke freuten sich alle, und ich war froh, dass Mutti ihre Präsente von zu Hause mitgebracht hatte. Einige Buchseiten waren zwar durch die Fahrten etwas geknickt und die Musik-CDs sogar ein wenig zerkratzt, trotzdem freute sie sich riesig darüber. Ich wurde ebenfalls großzügig beschenkt: Von Merle gab es eine wertvolle Uhr mit dem Hinweis, »damit du niemals zu spät kommst«, von Matteo einen wunderschönen Kalender mit altsizilianischen Motiven und von Mutti ein schönes Album mit alten Kinderfotos. Wir hörten deutsche Lieder und lauschten der Weihnachtsgeschichte in Italienisch.

Gegen halb zwölf Uhr ermahnte uns Mutti zum Aufbruch, weil um Mitternacht die Christmette stattfinden würde und wir rechtzeitig in der Kirche sein wollten. Da ich keinen Alkohol trank, fuhr ich Mutti und Merle in meinem Auto in die Stadt, während Matteo seinen Wagen nahm.

Die Kirche war voll und alle waren in einer guten Stimmung und freuten sich über das Fest. Die Madonna war schön geschmückt, die Statue von Padre Pio von Blumen umringt, die Gläubigen knieten und beteten nacheinander und in vollendeter Ruhe. Erst als der Gottesdienst begann, wurde es laut und die Besucher schmetterten voller Freude ihre Weihnachtslieder. Mutti und Merle waren beeindruckt und staunten über so viel Frieden, den uns die Christmette vermittelte. »So faszinierend ist keine Messe in Deutschland«, flüsterte mir meine Mutter zu und machte mich mit ihren Worten richtig stolz. Grazie, Ihr wunderbaren Sizilianer!

Draußen vor der Kathedrale standen Alessandro und Angelina mit ihren fünf Kindern nach dem Gottesdienst vereint, um ihre Freunde zu verabschieden. »Bis morgen, um zwölf Uhr fangen wir an!«, riefen sie mir zu. Ich nickte und fühlte mich super. Merle und Mutti brachte ich nach Hause. Anstatt aufzuräumen, gingen wir sofort zu Bett.

26

Am ersten Weihnachtstag wurde ich erst spät wach. Niemand hatte mich geweckt. Ich ging verschlafen in die Küche, fand dort aber niemanden vor. Nur einen Zettel, auf dem stand, dass Merle bei Matteo wäre. Wieder machte sich Merle an meinen Matteo ran! Und das zu Weihnachten! Mein Blutdruck stieg! Um zwölf Uhr wollten wir, Mutti, Matteo, Merle und ich, bei Alessandro und Angelina sein, und jetzt trafen sich die beiden heimlich hinter meinem Rücken! Ich zerriss den Zettel und warf die Stücke in die Luft. Sollten sie doch auf dem Boden landen, na und? Ich wollte weiterschlafen und meine Ruhe haben und verzog mich in mein Zimmer.

Kaum hatte ich mich ein bisschen beruhigt, klopfte es an der Tür. Eigentlich wollte ich niemanden sehen, rief dennoch »Hallo«. Mutti stand im Rahmen, kam auf mich zu und riss mir die Decke vom Bett: »Los, aufstehen. Fahr zu Matteo und versöhn dich mit Merle.« Ich verstand nicht ganz. Woher wusste sie, dass ich auf Merle sauer war?! »Woher ich das weiß?«, rief sie laut, »weil du ihren Zettel zerrissen und die Stückchen auf den Boden geschmissen hast! So etwas macht man nicht! Ich will, dass du dich sofort mit Merle verträgst! Hast du mich verstanden?«

Ich war so irritiert, dass ich mein Bett verließ und mich anzog. Das besänftigte meine Mutter: »Ihr seid doch Freundinnen«, meinte sie ruhig, »Merle hat immer zu dir gehalten. Sie war es, die mich eingeladen hat zu dir zu kommen! Sprich dich mit ihr aus. Es ist alles gar nicht so schlimm...«

»Nicht so schlimm? Erst gibt sie diesem Kotzbrocken meine Telefonnummer und nun macht sie sich noch an meinen Matteo ran!«

Mutti lächelte: »Du meinst den Anruf von Martin? Stell dich nicht so an. Es ist doch erfreulich, wenn einer seinen Fehler einsieht.

«Wie bitte? «Kannst du dich nicht mehr daran erinnern, was er mir angetan hat?« Mutti zuckte die Schultern:

»Ach was, wir machen alle unsere Fehler. Sowas kommt vor. Vergiss es und mach dir klar, dass eine wirklich gute Freundschaft zu den wichtigsten Dingen im Leben gehört. Zeig Merle, dass du sie lieb hast.«

»Warum sollte ich? Sie hat mein Vertrauen missbraucht, nicht ich ihres. Und sie macht meinen Matteo unglücklich, nicht ich!«

»Sie hilft Matteo, damit er seine Existenz nicht verliert. Sie opfert ihre Freizeit anstatt sich Sizilien anzugucken. Das alles macht sie für dich, mein Kind! Weil sie deine Freundin ist! Du solltest es schätzen und deine Eifersüchtelei in den Griff bekommen!«

Ich und eifersüchtig? Beileibe nicht! Nein, nie im Leben! Ich fürchtete nur, dass sich Matteo in Merle verlieben und sie ihn im Stich lassen würde – wie sie es jedes Mal machte, wenn sich einer in sie verliebte.

»Was zwischen den beiden läuft, geht dich nichts an!«, stellte Mutti klar. »Beide sind deine Freunde und keiner würde etwas tun, das dich verletzten würde.« Sanft strich sie mir über den Rücken: »Hör endlich auf mit dem Liebes-Chaos! Was willst du denn? Worüber ärgerst du dich? Du lebst im Paradies und ich wünschte, ich hätte das gleiche Glück. Ich liebe Sizilien genauso wie du und möchte gar nicht mehr weg. Für immer hier bleiben, das wäre wunderbar...«

Ich sah, wie sie Tränen weinte und nahm meine Mutter in die Arme. Ich kam mir plötzlich so armselig vor. Was machte ich für ein Theater! Brachte Mutti zum Weinen und verkrachte mich mit meiner besten Freundin, womöglich noch mit meinem besten Freund! Und das alles zu Weihnachten! Oh Gott, was hatte ich getan! »Sorry, Mutti«, flüsterte ich, »ich wollte das nicht. Ich mache es gut, ganz bestimmt.«

Mit meinem Auto fuhr ich kurz darauf zu Matteo. Auf dem Hof war niemand zu sehen, also klopfte ich an die Haustür. Von drinnen war nichts zu hören. Zunächst. Dann wurde die Tür geöffnet – Matteo stand da, in Jeans und Hemd und Schlappen. »Komm rein«, sagte er leise, »sie schläft.« Normalerweise wäre ich jetzt ausgerastet, weil ich mir vorgestellt hätte, dass beide im Bett gewesen wären. Diesmal aber war mir meine Freundschaft wichtiger. Ich begleitete Matteo in seine Küche, wo er mir einen Espresso machte und ein Schokocroissant reichte. Dankbar nahm ich beides an. »Matteo«, entschuldigte ich mich zaghaft, »es tut mir leid.«

»Es ist alles gut«, flüsterte er.

»Was ist mit Merle? Was hat sie dir gesagt?«

»Dass sie etwas getan hat, um dich zu überraschen. Dass die Überraschung nicht gelungen ist.« Ich nickte. So war es. Wahrscheinlich wollte sie mir nur etwas Gutes tun und ich hatte es in den falschen Hals bekommen. Ich versuchte Matteo meine Situation zu erklären, aber er wollte nichts hören. »Lass es sein, wir haben Weihnachten. Merle ist nicht sauer auf dich, nur traurig. Wir sollten sie wecken und ihr sagen, dass alles gut ist.« Er ging ins Wohnzimmer, wo Merle auf der Couch lag und gerade ihre Augen öffnete: »Sieh, wer da ist«, sagte Matteo leise und lächelte Merle fröhlich an. Meine Freundin grinste: »Wird Zeit, dass du kommst.«

Ich lächelte zurück. Ja, so kannte ich sie. Sie war niemandem böse und hatte immer einen lockeren Spruch auf den Lippen. Wir umarmten uns herzlich, tranken einen Espresso zusammen und ich erklärte, wie wir uns das vorgestellt hatten, Mutti und ich: Wir wollten pünktlich um zwölf Uhr bei Alessandro und Angelina sein, und jetzt war es schon halb elf! »Kommt ihr mit oder fahrt ihr alleine?«, fragte ich versöhnlich. Beide wollten alleine vom Hof fahren, sodass ich Mutti abholen und wir beide zusammen zum Ristorante fahren würden.

Plötzlich fiel mir ein, dass ich etwas ganz Wichtiges vergessen hatte: Matteos Schafe. Wie ging es ihnen heute?

»Gut«, klärte mich Merle auf, »es geht ihnen besser. Sie brauchen natürlich noch mehr ärztliche Versorgung, aber die bekommen sie von mir… bis zu meiner Heimfahrt…«, sie hielt inne, »…oder…?«

Was sollte das bedeuten? Unsicher sah ich von Merle zu Matteo und von Matteo zu Merle. Hatten die beiden wirklich etwas... miteinander? »Soll das heißen...?« Mehr wagte ich nicht zu fragen und von selbst redeten sie nicht. Stattdessen wurden sie mit einem Mal superaktiv, räumten die Espressotassen weg und taten megageschäftig. Keiner sah mir ins Gesicht. Um nicht wieder unangenehm aufzufallen, beließ ich es dabei und verabschiedete mich.

Mutti stand schon fertig angezogen an der Haustür und wartete ungeduldig, bis ich mich umgezogen hatte und wir losfahren konnten. Mit keinem Wort erwähnte sie Merle oder Matteo und ich konnte getrost über unser morgendliches Gespräch nachdenken. Sah ich Gespenster, oder hatten die zwei wirklich was zusammen?

Manchmal sah mich Mutti fragend an, aber ich wollte ihr nichts verraten. Als es zwischen uns immer mehr knisterte, beschloss ich ihr wenigstens zu versichern, dass wir uns vertragen hatten und es den Schafen besser ging.

»Merle und Matteo kommen mit seinem Auto zu Angelina und Alessandro«, sagte ich im möglichst belanglosen Ton, merkte aber, dass Mutti genau zuhörte und sich ihren Reim darauf machte.

27

Als wir endlich das Ristorante betraten, war dort schon mächtig viel los, die Leute tanzten und aßen auf der beheizten und festlich geschmückten Terrasse, von drinnen waren fröhliches Geplauder und weihnachtliche Lieder zu hören. Matteo und Merle hatten uns einen herrlich gedeckten Tisch reserviert und winkten uns heran, während Angelina und Alessandro bei unserem Anblick ihre Küche verließen und auf uns zukamen. Wir wünschten uns gegenseitig eine gesegnete Weihnacht und ließen uns von der bezaubernden Stimmung hinreißen. Dass Merle und Matteo sehr eng beieinander saßen, registrierte ich zwar sehr genau, ließ mir aber meinen Argwohn nicht anmerken. Stolz brachte uns Angelina eine riesige Weihnachtsgans, frisch gebraten, knusprig, mit vielen Äpfeln als Füllung. Sie reichte mir ihr großes Tranchiermesser: »Kannst du damit umgehen, oder soll ich Alessandro holen?«

»Nein, danke. Ich reiche es gleich an Frau Doktor weiter«, sagte ich lachend und zeigte auf Merle. Die grinste, nahm das Messer und hatte die Gans im Nu zerlegt. »Wer will ein Stück?«

»Wenn das so weitergeht, kann ich bald gar nichts mehr essen!«, verkündete ich, nachdem wir noch das Büffet geplündert hatten. »Also, die jungen Leute von heute«, Merle schüttelte den Kopf, »die können echt nichts mehr ab. Los, du hast noch nicht von dem wundervollen Pistazieneis probiert. Das muss noch rein!« Ich hielt mir den Bauch. »Braves Mädchen«, lobte mich Merle, als wäre sie meine Erzieherin, »wer weiß, was noch auf dich zukommt! Mach bloß nicht schlapp!« Das war einer ihrer Sprüche, die ich echt nicht ab konnte.

Trotzdem blieb ich ruhig, denn was sollte noch passieren? Heute war Weihnachten und wir waren alle gut drauf. Auf mich würde garantiert gar nichts mehr zukommen – außer der Tatsache, dass ich heute früh ins Bett gehen wollte!

Ich sollte mich gewaltig irren. Gerade, als ich etwas verschnaufte und den Gästen beim Tanzen zusah, hörte ich plötzlich die mir inzwischen schon bekannte Männerstimme: »Ciao! Buon Natale! Frohe Weihnachten!« Ronald! Aus der Menge der Leute hatte er sich irgendwie befreit und war just an unseren Tisch gelangt. Er verbeugte sich vor Mutti, Merle und mir: »Wie schön, Sie hier zu sehen«, sagte er freundlich. Zu Matteo gewandt, grüßte er: »Ah, der Herr Gemahl. Buongiorno, Signor! Ich bin Ronald von Straaten.« Matteo, dem die Szene peinlich war, antwortete etwas säuerlich, er wäre nicht der Ehemann von Merle oder mir, sondern »nur« ein guter Freund. »Comprende?« Ronald schien sich seiner Beleidigung überhaupt nicht bewusst zu sein, denn er plapperte munter drauflos. Dass er Deutscher wäre, jetzt auf Sizilien lebte und so weiter und so weiter. Er schien vergessen zu haben, dass er uns fast seine ganze Lebensgeschichte bereits erzählte hatte.

Während ich mich langweilte, freute sich Mutti über seinen Besuch und kam mit ihm ins Gerede. Matteo, der so viele Menschen nicht gewohnt war, versuchte sich schnell zu verdrücken und verabschiedete sich mit den Worten, er müsste nach seinen kranken Schafen gucken. »Kommst du mit?«, fragte er Merle.

»Ja, gleich, noch fünf Minuten«, bat sie, beeilte sich mit dem Aufessen und wandte sich an mich: »Können wir dein Auto haben? Wir sind mit Fabio gekommen, der sich die Schafe anschauen wollte. Vielleicht bringt euch einer der Gäste nach Hause?« Ronald, der in diesem Moment gerade mal den Mund geschlossen hielt, mischte sich ein: »Gar kein Problem, Signora. Ich fahre die beiden Damen selbstverständlich nach Hause! Es ist mir eine Freude!«

»Nicht nötig«, maulte ich. Mutti fand indes seine Idee super: »Das ist sehr nett von Ihnen. Gerne nehmen wir das Angebot an!« Zu Merle und Matteo gewandt, meinte sie: »Kommt gut nach Hause, Kinder. Sagt uns Bescheid, wenn wir euch helfen können!« Danach war sie offen für Ronald und seine Storys.

»Ich fahre euch«, rief ich plötzlich, um dem Dauergespräch mit Ronald zu entkommen. Als ich mich von meinem Stuhl erhob, drückte mich meine Mutter unversehens nach unten: »Lass die beiden alleine fahren. Es ist schön, dass wir so einen netten Herrn an unserem Tisch haben.«

Für mich gab es kein Entkommen. Ich musste wieder einmal gehorchen und wieder einmal das brave Kind spielen, obwohl ich doch eigentlich die Gastgeberin und damit die wichtigste Person war. Mir gefiel diese Rolle nicht. Dennoch musste ich mich fügen, wollte ich nicht fortwährend großen Stress haben. Also machte ich gute Miene zum bösen Spiel, weil mir sowieso nichts anderes übrig blieb und saß zwar gelangweilt, dennoch brav am Tisch und hörte mir das Gequake dieses Herrn an, bis mir die rettende Idee kam: »Lasst uns nach drinnen gehen. Draußen ist es viel zu kalt.« Zum Glück stimmten beide zu und wir nahmen unsere Gläser und betraten das Restaurant, wo sich nur noch wenige Gäste aufhielten. Ich wählte die Ecke vor der Theke, hinter der Angelina ihren Ausschank hatte, und hoffte, möglichst schnell in die Küche verschwinden zu können. Ungeduldig starrte ich auf die Uhr, um Mutti und Ronald auf diese Weise verstehen zu geben, dass das Fest vorbei war.

Endlich nahm ich meinen Mut zusammen und erklärte die Feier für beendet: »Angelina und Alessandro wollen bestimmt mit ihren Kindern zusammen Weihnachten feiern. Lasst uns nach Hause fahren!«

»Ja, lassen wir die Bambini nicht länger auf ihre Eltern warten«, stimmte mir Ronald zu. Mir wurde speiübel: »Bambini«! Warum musste er ausgerechnet dieses Wort benutzen? Dieses Wort, das bei mir schon im Albtraum Schweißausbrüche verursacht hatte? »Was ist mit dir, Kind? Du siehst so blass aus!« Mutti sah mich erschrocken an. »Deine Erkältung! Du gehörst schnellstens ins Bett!«

»Ja, wir sollten losfahren. Entschuldigen Sie mich bitte, ich zahle. Darf ich Sie einladen? Es wäre mir eine große Freude!« Schon stand der Typ auf und zückte die Brieftasche. »Danke, das ist nett von Ihnen, aber wir zahlen selbstverständlich selbst«, reagierte Mutti auf das Angebot dieses Schnösels. Ich schüttelte den Kopf: »Danke fürs Angebot, aber wir sind von den Gastgebern eingeladen worden!«, verbesserte ich meine Mutter mit einem bezaubernden Lächeln und wünschte mir diesen Kerl im Geiste auf den Mond. Mutti sah mich ein wenig irritiert an, sagte aber nichts, während Ronald weiter gute Laune verbreitete: »Bitte warten Sie, ich bin gleich wieder bei Ihnen.« Flugs stolzierte er hinter die Theke zum Eingang in die Küche, aus der Angelina jetzt heraustrat und sein Geld entgegennahm. Nachdem er ihr den Rücken zugedreht hatte, wedelte sie fröhlich mit einem 200-Euro-Schein. Assi, dachte ich, neureich! Bei mir aber konnte der Typ mit seinem Money keinen Eindruck schinden. Im Gegenteil. Ich gab ihm keine Chance. Dabei war er nicht unhöflich, sondern kutschierte uns in seinem

Nobelschlitten so sicher wie ein Taxifahrer durch die engen Straßen der Stadt hinaus über die 640 nach Hause.

Mutti und er unterhielten sich die ganze Zeit über Sizilien, Deutschland, die Welt…, was mich überhaupt nicht interessierte. Sie war von ihm echt angetan und redete ohne Punkt und Komma. Ich wunderte mich, wie offen sie von sich und ihrem Alltag erzählte, und wie leicht sie sich um den Finger wickeln ließ, obwohl sie sonst so kritisch gegenüber neuen Leuten war. Woran das lag? Am Alter? An ihrer Einsamkeit in Deutschland? Oder an diesem Angeber und Protz?

Sehnsüchtig dachte ich während der Fahrt an mein ruhiges Zuhause in der Villa Griegenta und sehnte mich nach meinem ganz normalen Alltag zurück. Ich war heilfroh, endlich vor meinem großen elektrischen Tor zu stehen und es per Knopfdruck zu öffnen. »Tschüs«, warf ich Ronald zu und verzichtete bewusst auf ein »Auf Wiedersehen«.

Ronald öffnete meiner Mutter galant die Tür, half ihr aus dem Auto und bat sie um ein neues Date. Zu meinem Erstaunen sagte sie sofort zu, und sie verabredeten sich für morgen, dem zweiten Weihnachtsfeiertag.

»Mit uns willst du nicht zusammen sein?«, fragte ich frech, als ich ihre Zusage hörte. Mutti sah mich verstört an und schwieg.

Im Wohnzimmer setzte es ein Donnerwetter. So sauer hatte ich meine Mutter noch nie erlebt: »Was fällt dir ein? Hast du kein Benehmen? Ich habe mich richtig für dich geschämt!« Obwohl ich mich herauszureden versuchte, half nichts, Mutti war und blieb erbost.

»Wann kommt Merle?«, fragte sie plötzlich. Ich zuckte die Schultern, woher sollte ich das wissen? Ich versuchte meine Freundin ohne Erfolg auf dem Handy zu erreichen.

Ob ich sie abholen sollte? War keine schlechte Idee, damit sich Mutti in der Zwischenzeit abreagieren konnte. »Ich gehe zu Matteo«, rief ich, zog meine dicken Wintersachen an und machte mich zu Fuß auf die Socken. »Vergiss deine Handschuhe nicht, du bist doch so stark erkältet«, rief mir Mutti hinterher, aber ich reagierte gar nicht darauf.

Gut eine Dreiviertelstunde brauchte ich heute für den Weg, den ich sonst viel schneller schaffte. Ich spürte, wie kraftlos ich geworden war, fühlte mich hundeelend und zitterte, so kalt war es.

Auf dem Gelände war von Matteo und Merle nichts zu sehen. Ich suchte sie zunächst im Stall, fand dort aber nur die schlafenden Schafe. Schließlich entschloss ich mich ins Haus zu gehen, egal, was dort gerade geschah. Ich wartete ein paar Minuten, dann flog plötzlich die Tür auf,

Merle stand vor mir: »Bist du meschugge?«, schrie sie mich an. Matteo war ihr gefolgt und stand schweigend hinter ihr.

»Warum kommst du nicht nach Hause?«, machte ich Merle an.

»Weil ich bei Matteo bin!«, antwortete sie schrill und wahnsinnig laut, und dann, noch eine Oktave höher: »Hör mal zu, meine Liebe: Ich bin nicht deine Gefangene, hast du mich verstanden? Hau ab! Geh nach Hause und kommandiere deine Käseballen herum! Über mich bestimmst du nicht, und über Matteo auch nicht!« Jetzt fuchtelte sie so heftig mit den Armen, dass ich regelrecht zusammenzuckte.

»Matteo, sag was«, bat ich meinen besten Freund. Doch der schwieg. Soviel Feigheit hatte ich ihm nie zugetraut. Mich, seine beste Freundin, ließ er im Stich! Das tat weh!

»Her mit dem Autoschlüssel!«, schrie ich Merle an. Sie warf ihn mir vor die Füße: »Take it!«, sagte sie und sah mich verächtlich an. »Verschwinde. Forever!« Wortlos drehte ich mich um und fuhr nach Hause. Aus, vorbei, Matteo war nicht mehr mein bester Freund und Merle nicht mehr meine beste Freundin! No best friends! No more forever!

155

Zu Hause konnte ich meine Wut nirgendwo loswerden, weil Mutti zu Bett gegangen war und Bianco mit aufs Zimmer genommen hatte. Niemandem konnte ich meinen Ärger erzählen, schrecklich! Ich bekam noch mehr Fieber und zitterte zugleich wie Espenlaub. Meine Bettdecke wärmte mich nicht, ich fühlte mich megaschlecht.

28

Diesmal schlief ich länger als normal, weil ich wieder von niemandem geweckt worden war. Zwischen Mutti und mir herrschte Eiszeit und ich suchte nach einem Ausweg, um ihr aus dem Weg zu gehen. Sie kam mir zuvor: »Ronald holt mich um zehn Uhr ab. Wir wollen ein bisschen durch die Gegend fahren, räumst du auf? Oder macht das Merle...? Schläft sie noch? Was hat sie gesagt, wie es Matteos Schafen geht...?« Ich fühlte mich zu schwach, um mir irgendwelche Lügen auszudenken, sondern erzählte ihr, was gestern geschehen war. Schweigend hörte sie mir zu. Als ich die Stille nicht mehr ertragen konnte, fing ich an zu weinen.

Mutti sah mir eine Weile zu und nahm mich dann in den Arm: »Du bist eifersüchtig, das ist dein Problem!«, sagte sie, »das ist nicht richtig. Wir lieben dich beide, ja, wir drei. Du bist nicht alleine, du hast uns, besonders Matteo. Dir nimmt keiner etwas weg. Wir sind hier, weil wir dich lieben und weil wir dir ein schönes Weihnachtsfest bereiten wollten...«

»Warum bin ich alleine und ihr nicht?«

»So ist das manchmal. Es gibt gute Zeiten und schlechte Zeiten. Du bist hier glücklich, hast du gesagt. Du willst nirgendwo sonst leben als auf Sizilien. Das kann ich gut verstehen. Aber dass du noch nicht den Richtigen gefunden hast, heißt nicht, dass du für immer alleine bleiben wirst...!« Ihre Worte beruhigten mich nicht. Im Gegenteil. Ich war sicher, dass sie mich schlichtweg nicht verstand, weil wir uns auseinandergelebt hatten. Mutti verstand mich nicht, Merle verstand mich nicht, Matteo verstand mich nicht!

Plötzlich sah mich Mutti fragend an: »Du bist in Matteo verliebt, nicht wahr?« Ich schüttelte den Kopf. Nein, das konnte ich mir nicht vorstellen. Er war mein bester Freund. Nicht mein Lover! Oh no!

Es waren ja nicht nur Merle und Matteo alleine. Ich hatte von Anfang an gespürt, dass es auch zwischen Mutti und Ronald knisterte. Sie hatten kein Wort darüber verloren, dennoch fühlte ich es und sah ihre Blicke, die Bände

sprachen. Also wagte ich es anzusprechen: »Was ist mit…
dir und… diesem… Ronald…?«

»Nichts Besonderes. Er ist ein interessanter Mann, das ist
alles…«

»Wieso interessant?«

»Nun, er lebt erst seit ein paar Monaten in den Bergen.
Alleine. Nur mit seinem Hund und der Tochter seines
Freundes. Er hat mir ein bisschen von sich erzählt…
Erstaunlich. Er ist viel in der Welt herumgekommen…«

»…und zieht ausgerechnet nach Sizilien! Als gäbe es keine
anderen schönen Orte auf der Welt! Sylt! Haiti! Die
Bahamas! Florida!«

»Doch, die gibt es. Aber er hat sich Sizilien ausgesucht,
weil er als Kind mit seinen Eltern Urlaub in Ragusa
gemacht hat. Er wollte immer zurückkommen!«

»Das glaubst du?«

»Natürlich! Dir ist es doch genauso ergangen«, erwiderte
sie, sah mir ganz tief in die Augen und fügte hinzu: »Mir
wird es genauso ergehen. Ich habe mich in diese Insel
verliebt. Ich fühle mich auf Sizilien zu Hause. Ich will nicht
mehr in das kalte Deutschland zurück…« Leise seufzend
wandte sie ihren Blick von mir und schaute weg.

Mit ihrem Geständnis überraschte sie mich. Meine Mutter... wollte nicht mehr nach Deutschland zurück? Nicht in ihre Wohnung, nicht zu ihren Freunden, nicht ins Krankenhaus? Unvorstellbar! Ich hakte nach: »Ist das dein Ernst? Du könntest dir ein Leben auf Sizilien vorstellen?«

Mutti nickte und es kamen ihr die Tränen. »Ich kann nicht anders. Es ist verrückt und ich hätte das nie gedacht, aber mein Herz gehört Sizilien und den wundervollsten Menschen der Welt!«

Ich umarmte Mutti von ganzem Herzen. Ich verstand sie. Es gab kein schöneres Fleckchen Erde als unser Sizilien! Siracus, Scala di Turchi, Palermo, Taormina, Catania, Caltanissetta, Messina, Enna, Berge und Strand, Plantagen und Weiden... Und Tiere, Tiere, Tiere!

Nun hatte es meine Mutter also auch erwischt. Was sollte aber jetzt werden? Mutti musste arbeiten und konnte nicht alles – Knall auf Fall – zurücklassen und das Land verlassen. Sie hatte einen Job, eine Wohnung, Verpflichtungen...

»Darüber werde ich nachdenken, wenn ich wieder in Deutschland bin«, sagte sie mit fester Stimme. »Jetzt will ich meine Zeit auf Sizilien genießen. Deshalb, mein Liebes, lass uns nicht streiten. Lass uns glücklich sein, dass wir zusammen sind. Eine Lösung werden wir schon finden...

Und, was Ronald betrifft, warum sollte ich mich nicht mit ihm unterhalten? Warum sollten wir nicht gemeinsam etwas unternehmen...? Er ist ein sehr netter, kultivierter Mann, mit dem man gut reden kann. Das ist alles!«

Ich nickte, weil ich sie jetzt besser verstand. Gleichzeitig fühlte ich mich ein bisschen schuldig, weil ich so egoistisch gewesen war. Ab sofort wollte ich mich ändern und die Zeit, die uns blieb, mit meinen Gästen gemeinsam genießen ohne sie zu drängen, meinem Willen zu folgen. Merle hatte Recht: Sie war nicht meine Gefangene, sondern meine Freundin, die glücklich sein sollte, und die ich glücklich sehen wollte. Ich hatte das Bedürfnis mich mit ihr zu vertragen. Eine so langjährige Freundschaft setzte man nicht aufs Spiel! Dafür war sie viel zu kostbar!

Also wartete ich, bis Ronald meine Mutter abgeholt hatte und spielte ihm beim Abschied die liebe Tochter vor, die sich über das Wiedersehen freute.

Leider war er viel zu klug, um die Realität zu übersehen, verkniff sich dennoch jeden Hinweis darauf und versprach, Mutti am Abend heil nach Hause zu bringen. Ich winkte beiden hinterher, als sie mit seiner Edelkarosse lossausten.

Nun waren Matteo und Merle an der Reihe. Keine zehn Minuten später stand ich in seinem Stall, wo sich beide gerade um die Lämmer kümmerten.

»Was willst du?«, fauchte Merle, »wir können keine Zuschauer gebrauchen!« Matteo, der neben ihr stand, schien diese Begrüßung nicht zu gefallen. Er kam auf mich zu, umarmte und küsste mich und raunte mir ein: »Schön, dass du gekommen bist« zu.

Ich ließ Merle gewähren und beobachtete sie. Ja, musste ich zugeben, sie machte ihre Arbeit echt gut. Wie sie mit Stethoskop und Spritze umging, zeigte ihre ungeheure Professionalität.

»Sorry, best friend«, sagte ich leise und wagte mich schrittweise auf sie zu. Sie grinste, versorgte weiter ein sträubendes Lamm und legte anschließend ihre medizinischen Utensilien weg, um mich zu begrüßen: »Manchmal bist du echt sonderbar«, stellte sie lachend fest und schüttelte den Kopf. »Dito!«, erwiderte ich und wir hakten uns fröhlich unter, während Matteo uns wortlos zusah. »Er hält uns bestimmt für nicht ganz dicht«, sagte ich auf Deutsch und Merle lachte daraufhin so heftig, dass wir tatsächlich umfielen und auf dem Stallboden landeten. »Autsch!«, schrie ich. »Hast ja den Doc an deiner Seite«, erwiderte Merle cool und half mir hoch.

Matteo war das Spektakel wohl zu blöd gewesen. Er war im Haus verschwunden, um dort einen Espresso für uns zuzubereiten. Er freute sich über unsere Versöhnung: »Ich bin froh, dass alles gut ist bei euch. Ich will nicht, dass ihr euch streitet. Ich habe euch beide lieb.« Zu mir gewandt, sagte er: »Weißt du, den Tieren geht es viel besser, seit sich Merle um sie kümmert. Alle sind jetzt wohlauf, keins mehr krank. Bald habe ich wieder gute Milch für dich!«

Das war eine gute Nachricht. Wir setzten uns friedlich hin und besprachen, welche Pläne wir für die nächsten Tage hatten. »Bis wir zurückfliegen, will ich jeden Tag nach den Tieren sehen, damit sie gesund sind, wenn ich Sizilien verlasse. Zur Not muss ich noch nach Palermo fahren, um mit dem Arzt vom Veterinäramt zu reden, was berücksichtigt werden muss, um so eine Erkrankung in Zukunft zu verhindern«, meine Merle. »Wir könnten diesen Termin mit einer Rundreise verbinden«, schlug sie jetzt vor.

»Ja, es gibt viele schöne Dörfer, die du unbedingt kennenlernen musst! Racalmuto, zum Beispiel, wo der berühmte Leonardo Sciascia geboren wurde. Seine Statue würde ich dir gern zeigen«, erwiderte ich. »Ihn musst du ihr unbedingt zeigen«, pflichtete mir Matteo zu, »er ist genauso groß wie ich.« Nur mühsam konnte ich mir ein Lachen verkneifen. Ja, Matteo konnte manchmal echt locker sein.

Matteo hatte noch mehr gute Ideen für eine Rundreise: Marsala, Noto, Cefalú, Aragona und so weiter und so weiter. Wir waren Feuer und Flamme. Merle nickte zu jedem Vorschlag und bat mich, eine Reiseroute so festzulegen, damit wir nicht hetzen würden; außerdem wollte sie noch beim Veterinäramt in Palermo vorsprechen.

»Wann wollen wir losfahren?« Sie lachte: »This is your business«, sagte sie großzügig. »Morgen?« Sie nickte. Der Frieden war also wieder hergestellt und mir war ein Stein vom Herzen gefallen. So einig waren wir uns schon lange nicht mehr gewesen.

Plötzlich hatte Matteo eine Idee: »Was haltet ihr davon, wenn wir die Leute bitten, mit uns gemeinsam bei Alessandro und Angelina Silvester zu feiern? Sie haben sich am Weihnachtstag so viel Mühe gegeben und können das Geld gut gebrauchen. Wenn jeder von uns 25 Euro bezahlt, bekommen wir ein tolles Buffet zusammen!« Merle und ich waren begeistert und Matteo erklärte sich bereit, allen Leuten in der Umgebung Bescheid zu sagen.

Kaum redeten wir vom Essen, meldete sich der Hunger. Ich schlug vor, gemeinsam in die Stadt zum Essen zu fahren, hatte aber nicht mit Merle gerechnet: »Nichts da!«, sagte sie forsch, »ich backe eine meiner Superpizzen!« Warum nicht?

Kein Thema. Ich hatte genügend Zutaten zu Hause, »los«, spornte ich sie an, »lass uns fahren. Wir sind in etwa einer Stunde zurück, Matteo. Ciao!«

»Halt!«, rief mir Merle hinterher, »bleib! Ich backe natürlich in unserer Küche! Wir haben alle Zutaten zu Hause und können loslegen.« Wortlos sah ich sie an. Hatte sie soeben »unsere« Küche und »zu Hause« gesagt? War ich im falschen Film?

Anscheinend nicht, anscheinend waren die zwei schon weiter, als ich es für möglich gehalten hatte. Das ging aber schnell mit der Liebe!

»Mach dich nützlich und räum das Wohnzimmer auf, wir hatten dafür keine Zeit«, forderte mich Merle jetzt in einem Kommandoton auf, der mich sofort ärgerte. Trotzdem behielt ich meine Gefühle für mich.

Merles Pizza war vorzüglich. Ich hatte gar nicht gewusst, wie gut sie backen konnte. Als ich sie dafür lobte, lachte sie und versprach, in Zukunft öfter zu backen und zu kochen.

Wo und wie das allerdings geschehen sollte, behielt sie für sich. Auf jeden Fall weigerte sie sich, mit mir nach Hause zu fahren und blieb über Nacht bei Matteo, was sie mir schonungslos unter die Nase hielt.

Ich war darüber eher traurig als verärgert. Warum mussten mir die zwei ihr Glück so deutlich zeigen?

29

Von Mutti war zuhause nichts zu sehen. Ich sorgte mich ein bisschen um sie und versuchte sie per Handy zu erreichen. Vergeblich. Sie hatte das Gerät ausgeschaltet. Hoffentlich tut ihr dieser Typ nichts an, dachte ich, wir kennen den doch gar nicht. Und so ein Großkotz hatte womöglich Dreck am Stecken. Um auf andere Gedanken zu kommen, ging ich mit Bianco weg, ließ aber das Tor extra einen Spalt breit auf, damit Mutti bei ihrer Heimkehr dazwischen durchgehen konnte.

Sie war tatsächlich zu Hause, als ich zurückkam und saß entspannt vor dem Fernseher. »Schön, dass du kommst«, begrüßte sie mich, »wie war dein Tag?«

»Gut, und deiner?«

»Sehr gut«, antwortete sie, »Ronald ist ein bezaubernder Mann. Höflich und freundlich. Wir waren in Catania, wo wir uns die Altstadt angeschaut haben. Dort haben wir exzellent gegessen. Fisch vom Feinsten! Dazu Spaghetti, die kein Sternekoch besser zubereiten kann! Es war ein außergewöhnlich schöner Tag für mich, den ich niemals mehr vergessen werde.«

»Cool«, antwortete ich emotionslos. Das konnte ja heiter werden! Mutti und dieser Ronald machten sich schöne

Tage und Merle und Matteo flirteten wie die Weltmeister.

Wo blieb ich? Irgendwie empfand ich mich wieder ein bisschen egoistisch. Dachte ich zu viel an mich und an mein Glück? Warum sollten sie nicht alle glücklich sein? In ein paar Tagen würden sie wieder nach Hause fliegen und es blieben ihnen nur noch ihre Erinnerungen.

Ich schaute mir meine Mutter in aller Ruhe genau an. Ja, sie war eine echt schöne Frau. Gepflegt, mit einer tollen Figur, einem besonderen Style und schicken Klamotten. Es war echt beeindruckend, wie sie in jeder Situation freundlich und höflich blieb, gut gelaunt war und positiv dachte. Nur selten hatte ich sie böse erlebt – so wie gestern, nachdem wir Ronald getroffen hatten. Jetzt strahlte sie und hatte ihr wunderschönes Lächeln auf den Lippen. »Mutti, bist du glücklich?«, fragte ich sie. »Natürlich. Wie kommst du darauf?«

»Weil du auch alleine bist!« Ihre Antwort war eindeutig: »Das macht doch nichts. Ich bin glücklich, wenn es dir gut geht und Merle und Matteo auch!«

»Bist du einsam?« Sie schüttelte den Kopf: »Nein. Wie kommst du darauf?«

»Weil du mir gesagt hast, dass du Sizilien liebst und dich jetzt mit diesem Ronald triffst.«

»Na und? Wir haben doch schon darüber gesprochen, dass wir uns gut unterhalten können. Ist das schlecht? Freu dich lieber für mich!«

»Das tu ich doch«, versicherte ich und schlug ihr wieder vor zu bleiben: »Ich habe genug Platz. Außerdem gibt es bei uns Krankenhäuser in Agrigento, in Catania, in Palermo...«

»Aber ich spreche nicht gut Italienisch«, wandte sie ein.

»Dann lernst du es eben. Gute Krankenschwestern braucht man überall auf der Welt, auch auf Sizilien!«

Mutti musste lachen. Ihr gefiel meine Hartnäckigkeit. »Mal sehen, was sich ergibt«, meinte sie schließlich und ich bot ihr ein weiteres Mal an, ihr die Séancekarten zu legen.

»Das ist sehr lieb von dir, vielleicht komme ich später darauf zurück. Jetzt will ich ins Bett.«

Plötzlich wurde ihr bewusst, dass sie gar nicht nach Merle und Matteo gefragt hatte und holte dies nach. Als sie hörte, dass Merle bei ihm übernachten wollte, schmunzelte sie und schwieg.

Ich beherrschte mich und behielt meine Gefühle für mich.

30

Weihnachten war vorbei, Merle hatte bei Matteo übernachtet und Mutti und ich frühstückten alleine in meiner Cucina. Sie wollte etwas mit Ronald unternehmen und bat mich um Verständnis:»Ich bin gern mit ihm zusammen.« Ich nickte zustimmend. Mittlerweile hatte ich erkannt, dass ich überhaupt kein Mitspracherecht hatte und mich deshalb zurückhalten musste. Es war ihr Leben, nicht meins.

Mich freute, als sie meinen Rat suchte:»Was ziehe ich nur an? Ich habe meine schicken Sachen zu Hause gelassen und nur das Nötigste eingepackt! Können wir schnell in die Stadt fahren und dort ein schönes Kleid oder einen Hosenanzug kaufen? So wie jetzt, kann ich mich bei Ronald nicht blicken lassen.«

Unwillkürlich musste ich lachen. Nur zu gut erinnerte ich mich an meine Teeniezeit, als ich stundenlang vor dem Spiegel stand und nie zufrieden war, egal, was ich anzog. Wie oft ging ich los, um mir was Neues zu kaufen: Jeans, T-Shirts, Blazer, Schuhe! Meine Mutter stöhnte und zahlte, stöhnte und zahlte, obwohl bei uns das Geld stets knapp war.

Nun war Mutti in einer ähnlichen Situation und glaubte, nichts zum Anziehen zu haben. Flehentlich sah sie mich an, bis ich sie erlöste:»Okay, wir fahren ins

Einkaufszentrum. Dort gibt es einige Boutiquen, die bestimmt das Richtige für dich haben!« Echt, so schnell hatte ich meine Mutter noch nie laufen sehen. Obwohl sie nur Hose und Pullover trug, war sie in Null-komma-nichts im Auto und wartete dort auf mich.

Ich beeilte mich, um den Einkauf noch vor Ronalds Erscheinen zu schaffen. Rauf auf die 640, vorbei an der Autorennstrecke, hin zum Kreisel, einmal rum, dann rein in die Tiefgarage. »Schnell, schnell«, spornte mich Mutti an. Schien also etwas Ernstes zu sein mit diesem Ronald, dachte ich.

Im Erdgeschoss fanden wir schnell das optimale Outfit: einen sandfarbenen Hosenanzug, dazu braune Stiefeletten und einen blauen Kaschmirpullover, der optimal zu ihren blonden Haaren und ihren blauen Augen passte: »Du siehst umwerfend aus!«, lobte ich Mutti.

Kaum saßen wir im Auto, fiel ihr ein, dass sie noch nicht perfekt angezogen war: »Ach, Anna, ich habe keinen Schmuck. Hast du nicht eine schöne Kette und ein Armband für mich?« Langsam schaffte es Mutti, mich nervös zu machen. Nein, ich hatte keinen teuren Schmuck, warum sollte ich? Ich brauchte so etwas nicht, mir reichte meine Uhr, damit ich wusste, wie spät es war. Und überhaupt: Sollten wir jetzt etwa noch zum Juwelier in die Stadt fahren? Nein, das war echt zu viel. Mutti war ein bisschen eingeschnappt, als ich mich weigerte, sie schnell noch in die City zu fahren, gab aber nach: »Ronald wird sicher verstehen, dass ich nur wenig von zu Hause mitgenommen habe...«, überlegte sie, ich unterstützte sie in dieser Ansicht.

Kaum angekommen, rannte Mutti sofort ins Badezimmer, um sich frisch zu machen. Für mich war das zu viel Aufwand für diesen Kerl, aber gut, wenn es sie glücklich machte, warum nicht?

Plötzlich hörte ich einen Höllenlärm. Jemand drückte permanent auf die Hupe, was Bianco derart verschreckte, dass er unter die Couch flüchtete. Ich beruhigte ihn kurz und verließ das Haus, um Ronald zu begrüßen. »Hallo, Anna. Entschuldigen Sie bitte, dass ich mich verspätet habe, aber der Gasflaschenlieferant kam ohne Ankündigung und ich musste mich zunächst um ihn kümmern. Hoffentlich ist Ihre Mutter noch da...«

Ich konnte ihn beruhigen. Obwohl es unhöflich war, ließ ich ihn nicht auf mein Gelände, sondern versuchte ein bisschen Small talk vor dem Eingangstor.

Fragte, was er für Pläne hätte, wann Mutti und er zurückkämen und noch mehr Belangloses.

Er antwortete brav, obgleich etwas unkonzentriert, weil er dauernd zum Hauseingang sah, wohl in der Hoffnung, dass Mutti bald erscheinen würde.

Schließlich war es soweit, sie betrat die Terrasse! Wunderschön geschminkt, super frisiert, und in ihren neuen Edelklamotten! Echt, sie wäre die Mode-Queen von Sizilien geworden, hätte es einen solchen Wettbewerb gegeben.

Ronald blickte wortlos auf meine Mutter. Als er sie umarmte, geschah das so liebevoll, wie ich es ihm niemals zugetraut hätte. »Wie wunderschön du bist, Sonja...«, stotterte er fasziniert. Mutti genoss das Kompliment und strahlte.

Nun wandte er sich zu mir, meinte, es könnte spät werden und ich sollte nicht auf Mutti warten. Dann öffnete er die rechte Wagentür seines Luxuswagens, half ihr beim Einsteigen und rauschte davon. Na, hoffentlich platzt kein Reifen, sonst ist es schnell vorbei mit dem Ausflug, dachte ich ein wenig säuerlich, ehe ich zu Bianco ins Haus und anschließend mit ihm spazieren ging.

Meine trüben Gedanken holten mich ein. Vielleicht lag es an der kalten Jahreszeit, dass ich so sentimental war, vielleicht aber auch an Mutti, Matteo und Merle, die vor Glück strahlten. Jedenfalls spielten mir meine Gedanken einen Streich und ließen mich immer wieder daran denken, wie schön ein Leben zu zweit doch sein könnte, wenn man abends gemeinsam zu Bett gehen und am anderen Morgen wieder aufwachen würde, zusammen frühstücken, kochen, backen, die riesengroßen

Ananasbäume und Palmen pflegen, meine Oliven pflücken und zu Öl verarbeiten und, ja, auch das!, zwischendurch ein bisschen zu zweit fernsehen. Ich seufzte. Nein, ich hatte mich entschlossen alleine zu bleiben, und außerdem gab es niemanden, der in Frage kommen würde. Oder doch?

Matteo? Das Thema war durch! Endgültig! Ihn konnte ich mir abschminken. Einer der netten Rentner am Postschalter? Nee, die waren zwar echt nett, aber bestimmt verheiratet. Der Obsthändler? Nein, der war auch vom Markt!

Ob ich eine Anzeige im Internet aufgeben sollte? Das machten inzwischen viele Singles und häufig konnte ich lesen, dass sie den idealen Partner gefunden hatten!

Ach nee, das war keine gute Idee. Für mich kam nur ein Partner in Frage, der mit mir in der Villa Griegenta leben wollte! Den aber zu finden, war wie die Nadel im Heuhaufen, mit anderen Worten: sinnlos.

31

Nach dem Spaziergang machte ich mir etwas zu essen und futterte vor dem Fernseher drauflos. Irgendwie fühlte ich mich nicht gut und schob mein Unwohlsein auf die Erkältung, die ich trotz aller Medikamente nicht los wurde.

Mit einem Mal wurde die Haustür aufgeschlossen und Merle stand im Raum. Ohne ein schönes Gespräch mit mir anzufangen, erklärte sie lediglich, sie würde erst mal auf die Rundreise verzichten, dafür wäre keine Zeit, Samstag wäre dagegen ein guter Tag, jetzt wollte sie ihre Klamotten wechseln und wäre gleich wieder weg. Als ich näher nachfragte, war sie bereits in ihrem Zimmer verschwunden und reagierte gar nicht auf meine Fragen.

Zehn Minuten später erschien sie in neuer Montur, warf mir ein Küsschen zu und verabschiedete sich mit einem »Kopf hoch, Anna, alles wird gut!« Schon hörte ich Matteos Automotor aufheulen. Toll, das konnte ja heiter werden, dachte ich und ließ mich von Bianco trösten, der spürte, wie unglücklich ich war.

Plötzlich war ich mir sicher: Ich wollte Klarheit haben, ob ich mich jetzt darauf einstellen konnte, am Samstag wirklich die versprochene Rundreise zu machen, oder ob ich die Idee knicken konnte. Schließlich war nicht ich es gewesen, die in erster Linie diese Rundreise hatte machen wollen, sondern Merle.

Ich stieg ins Auto und fuhr zu Matteo. Auf dem Hof war von beiden nichts zu sehen. Nur Piccolino, der schwarze

Mischling, lag vor dem Stall und kam wild wedelnd auf mich zu. »Na, hast du die zwei gesehen?« Anstatt zu antworten, sprang Piccolino freudig herum und ließ keinen Zweifel daran, dass ich ihm wichtiger war als sein Herrchen und dessen Freundin.

Zum ersten Mal hatte ich Zweifel, ob ich ohne anzuklopfen das Haus betreten durfte. Ich hatte Angst, sie beim Sex zu erwischen, was mir wahnsinnig peinlich gewesen wäre. Also schlug ich mit der Hand gegen die Scheiben der Haustür und hoffte, dadurch gehört zu werden.

So war es. Merle stand in der Tür und fauchte mich an: »Was ist denn in dich gefahren? Immer, wenn ich dich sehe, machst du einen Riesenlärm. Was willst du?«

»Klarheit, ob wir Samstag fahren oder nicht!«, forderte ich eine Entscheidung.

»Hab ich doch gesagt. Das ist nicht der Grund! Mach mir nichts vor! Was willst du wirklich von uns?«

Ich schluckte. Sollte ich ihr die Wahrheit sagen und sie fragen, ob sie wirklich ein Verhältnis mit Matteo hatte? Ja, die Gelegenheit war günstig!

Als sie mich stottern hörte, lachte sie laut und tat mir leider überhaupt nicht den Gefallen es abzustreiten: »Ja, ich habe mit Matteo geschlafen und werde das wieder tun. Und ja, ich bin in Matteo verliebt und er in mich! Bist du jetzt zufrieden?«

Es traf mich ins Herz! Merle, dieser Vamp, der nichts anbrennen ließ, hatte sich tatsächlich an meinen Matteo herangemacht und ihn verführt!

»Du… Schlampe«, schrie ich, »warum kannst du nicht wenigstens von ihm die Finger lassen!« Am liebsten hätte ich sie geohrfeigt, aber sie lachte nur und ging zurück ins Haus, sperrte die Tür direkt vor meiner Nase zu.

Wie ein begossener Pudel stand ich da. Unerwünscht. Alleine. Wütend. Ich war stinksauer. Merle war mein Gast und ich hatte mich riesig auf sie gefreut, und nun verdarb sie mir alles! Was sollte ich tun?

Ich konnte mit niemandem über meine Gefühle reden. Mit Merle nicht, mit Matteo nicht, mit Mutti nicht.

Ich fuhr nach Hause und ging in meine Käserei, Arbeit sollte einen ja auf andere Gedanken bringen, hatte ich mal gehört.

Ich schmiss die Maschine an, ließ sie zur Reinigung durchlaufen und machte mich danach ans Saubermachen.

Irgendwann war ich von der Knochenarbeit so geschafft, dass ich mich mit Bianco schlafen legte.

32

Sein lautes Bellen weckte mich aus dem Schlaf. Schade, dachte ich. Der Traum war so schön gewesen:

Ich lag am Strand von San Leone und schaute aufs Meer hinaus, als mich jemand ansprach: »Anna! Endlich sehen wir uns wieder!«

Ich blickte nach oben, konnte den Mann aber nicht erkennen, weil die Sonne nur seine Umrisse zuließ. Seine Stimme kannte ich, sie war mir gut bekannt. Doch wem sie gehörte, wusste ich nicht.

»Schön, dich zu sehen«, freute ich mich und bat ihn sich zu setzen: »Ich rücke ein wenig zur Seite, dann haben wir beide Platz.«

Er schüttelte den Kopf: »Nein, Anna, ich habe noch etwas zu erledigen, aber ich komme bald zurück und bleibe dann bei dir.« Er bückte sich zu mir hinunter, streichelte mit seiner Hand meine Wange und gab mir ein kleines Küsschen: »Wart auf mich«, bat er.

Wie gerne hätte ich weitergeschlafen und war nun von Bianco aufgeweckt worden! Warum war er so aufgeregt? Sonst blieb er selbst im größten Chaos ruhig!

Hoffentlich haben wir keine Einbrecher im Haus, schoss es mir durch den Kopf und ich holte die Eisenstange unter dem Bett hervor, die ich für diesen Fall griffbereit hatte. Mit einem eisernen Griff hielt ich sie fest. Leise öffnete ich die Zimmertür und schlich auf Zehenspitzen die Treppe ohne Bianco hinunter, der oben bleiben musste. Ich rieb mir die Augen!

Unten an der Haustür stand meine Mutter – voll angezogen wie gestern. »Was machst du? Wo kommst du her?«, fragte ich erstaunt und noch im Halbschlaf. Irritiert ließ ich die Eisenstange fallen. Mit lautem Karacho landete sie schmetternd auf dem Holzboden.

»Mach nicht so einen Lärm, sonst wird Merle wach«, flüsterte meine Mutter und zog sich gerade ihre Schuhe aus.

»Merle? Die ist nicht da! Und du? Kommst du jetzt erst von diesem… Ronald?«

»Ja«, trällerte meine Mutter, »natürlich, woher sollte ich sonst kommen?«

Ich sah sie baff an. Das konnte ja heiter werden. Hatten die zwei tatsächlich auch was miteinander? Fragend sah ich sie an, ohne etwas zu sagen.

Sie räusperte sich: »Wir haben nur geredet!«, verteidigte sie sich, obwohl sie das gar nicht nötig gehabt hätte. »Mehr war wirklich nicht!« Ohne weiter auf mich zu achten, schlenderte sie mit einem strahlenden Lächeln in die Cucina und suchte nach den Kaffeekapseln: »Hast du sie weg getan? Hast du aufgeräumt? Es sieht so sauber aus!«

»Zu eins: Ja, sie liegen jetzt im Küchenschrank rechts. Zu zwei: Ja, ich habe gestern aufgeräumt und geputzt. Zu drei: Ja, es sieht alles sauber aus.«

»Nun, sei doch nicht sauer. Freu dich mit mir! Ich fühle mich so gut wie schon lange nicht mehr.«

Okay, dann erzähle mir von deinem Glück mit diesem Ronald, dachte ich und hörte mir ihre Lovestory an. Im Grunde meines Herzens fand ich es super, dass meine Mutter auf ihre alten Tage noch einen Typen kennen gelernt hatte, mit dem sie sich verstand. Doch musste es ausgerechnet dieser Protz sein? Konnte es nicht irgendein netter Kerl sein, mit dem man Pferde stehlen konnte?

Irgendwann wurde es mir zu viel. Dieses Gesäusel war kaum zu ertragen. »Mutti, was findest du nur an dem? Der nutzt dich und deine Gutmütigkeit nur aus. Für den bist du ein Feudel, ein Nichts! Der macht sich nur einen Spaß mit dir! Dafür bist du mir zu schade! Du bist meine Mutter!«

Mutti meinte lediglich: »Wenn du deine Eifersucht nicht sein lässt, stehst du eines Tages alleine da!«, drehte sich um und ging nach oben in ihr Schlafzimmer.

Bianco sah mich mit seinen treuen Augen an. Er verstand, dass alles aus dem Ruder lief und wusste nicht, wie er Frieden schaffen sollte.

Mir fiel genauso wenig ein. Das Beste war wohl, bis Neujahr zu warten, wenn meine Gäste mein Haus verlassen würden. Statt mich weiter zu ärgern, setzte ich mich vor den Fernseher und sah mir irgendeine bekloppte Soap an.

Essen wollte ich nicht, eigentlich wollte ich gar nichts. Also rief ich bei Alessandro zu Hause an, um die Zeit totzuschlagen. »Unsere Eltern sind im Ristorante«, erzählte Bernardino, eins der Kinder, »soll ich etwas ausrichten?«

»Ach nee, schon gut.« Nichts war gut, gar nichts. Alles war kaputt, mein ganzes Leben auf den Kopf gestellt, nichts passte zusammen. Lange dachte ich über meine Situation nach. Dann stand fest, dass ich mich bei Mutti entschuldigen sollte!

Leise klopfte ich an ihre Tür und fragte nach ihr und Ronald. »Wir haben uns wirklich nur unterhalten«, beteuerte Mutti, »wir haben so viele gleiche Interessen und verstehen uns so gut. Außerdem hat er uns für heute Nachmittag zum Kaffee eingeladen.«

»Wen? Dich und mich?«, fragte ich leise und überrascht.

»Ja, dich und mich und Merle und Matteo, wenn sie kommen wollen.«

Was sollte ich darauf sagen? Mir fiel nichts Anderes ein als: »Lass die lieber weg. Die haben keine Zeit!«

Mutti sah mich an, ohne über die zwei zu reden. Stattdessen fragte sie, ob ich mit zu Ronald käme. »Wir würden uns sehr darüber freuen.«

Ich nickte. Doch wie sich dieses »Wir« angehört hatte, gefiel mir gar nicht.

Trotzdem sagte ich ihr zuliebe zu. »Da bin ich froh! Es ist mir sehr wichtig, dass ihr euch richtig kennen lernt. Vielleicht findest du ihn ja nett, wenn ihr euch unterhalten habt. Das wünsche ich mir von dir, Anna. Betrachte es als ein zusätzliches Weihnachtsgeschenk für mich, ein verspätetes!«

Diesen Wunsch konnte ich ihr nicht abschlagen, dafür hatte ich Mutti wirklich zu lieb. Also musste ich wohl oder übel zustimmen. Sie bedankte sich tausendmal und mir war es echt peinlich, Mutti in so einer Situation zu sehen.

Trotzdem wollte ich mehr von dieser Beziehung wissen. »Was findest du denn an... Ronald?«

»Es gefällt mir, von einem Mann hofiert zu werden. Es gefällt mir, mit ihm über Gott und die Welt zu reden. Es gefällt mir, dass er gute Manieren hat. Es gefällt mir, dass er auch italienische Opern liebt und von Luciano Pavarotti schwärmt. Es gefällt mir, dass er sich für eine bessere Umwelt einsetzt, sogar Mitglied in verschiedenen Umweltorganisationen ist und sogar einen Werbespot für Umweltschutz bezahlt hat, der wochenlang im Fernsehen lief.«

»Dieser Angeber!«, sagte ich ohne nachzudenken, wie sehr ich Mutti verletzten würde. Sie schüttelte den Kopf: »Nein, das hat nicht er mir erzählt, sondern Yasemin.«

»Und wer ist diese Yasemin?«

»Eine sehr nette junge Frau. Sie ist die Tochter seines besten Freundes, der bei einem Flugzeugunglück verstorben ist. Sie lebt jetzt bei ihm und macht den Haushalt. Im Frühjahr wird sie ihr Psychologiestudium beginnen und nach Deutschland ziehen.«

»Und das glaubst du? So ein junges Ding als Haushälterin?«

»Ja, das glaube ich. Du kannst dich ja selbst davon überzeugen, wenn du heute Nachmittag mitkommst. Wenn du aber weiterhin so schlecht gelaunt bist, bleib mit deiner schlechten Laune lieber zuhause!«

Das saß. Um gut Wetter zu machen, erklärte ich mich zu dem Nachmittagsausflug bereit und fragte nach der passenden Kleidung. »Spielt keine Rolle. Zieh irgendwas Nettes an. Hauptsache, du bist gut drauf und lässt deine Vorurteile zu Hause.«

Für das erste richtige Treffen mit Ronald wählte ich mein Outfit bewusst sorgfältig aus: schwarzes T-Shirt, roter XXL-Pullover, weiße Track Pants, rote Sneakers.

Mutti staunte: »Du siehst aber stylisch aus! Hast du die Sachen auf Sizilien gekauft oder online?«

»In Catania. Wenn du willst, fahren wir zum Shoppen dorthin! Lohnt sich echt!«

Mutti nickte, aber ich wusste, dass sie nicht ernsthaft an einer Shoppingtour durch Catania interessiert war, sondern möglichst schnell bei ihrem Ronald sein wollte. Mehr und mehr, so merkte ich, freundete ich mich mit diesem Gedanken an, obwohl ich noch immer ein mulmiges Gefühl hatte, wenn ich an ihn dachte.

Da sie nun wusste, dass ich Ronalds Einladung annehmen würde, sagte sie ihm per Handy ab, sie von meinem Zuhause abzuholen. Wir einigten uns darauf, uns bei Alessandro und Angelina zu treffen, um von dort aus gemeinsam in die Berge zu fahren, »sonst verfahren wir uns und finden aus den Steinbrüchen nicht mehr heraus.«

Mutti hatte Recht. Bei meiner Ankunft, am allerersten Tag, hatte ich mir am Airport einen Wagen gemietet und versucht selbstständig in das Dorf zu kommen, wo Fabio seinen Bauernhof besaß, den ich ihm später abkaufte.

Ich verfuhr mich dermaßen, dass ich irgendwann tatsächlich in Pozzallo im tiefsten Süden landete und keine Ahnung hatte, wo ich mich befand. Naiv, wie ich war, fragte ich den erstbesten Melonenverkäufer nach dem Weg und er zeigte mit seiner Hand nach links, ohne seinen Kopf zu heben. Ich glaubte ihm und kam bis zum Ende der Straße. Von dort aus fuhr ich nur noch im Kreis herum und kam nicht mehr über die Berge nach Modica, von wo aus ich eigentlich weiter gewusst hätte.

Erst spät nach Mitternacht fand ich endlich den richtigen Weg und fuhr meilenweit die menschenleeren Straßen entlang. Ich übernachtete an einer Kreuzung im »Niemandsland« und kam am nächsten Mittag dann doch über Modica und Gela zu meinem neuen Zuhause.

Längst kannte ich mich zwar auf Sizilien gut aus, hatte dennoch aber immer noch großen Respekt vor den vielen unbekannten Wegen. Deshalb akzeptierte ich Ronalds Vorschlag, uns im Ristorante zu treffen.

Alessandro und Angelina waren total überrascht, als sie uns sahen und wollten uns gleich mit ihren Spezialitäten überhäufen, als wir ablehnten und ihnen von unserem Meeting erzählten: »Was habt ihr denn mit dem zu schaffen?«, fragte Alessandro argwöhnisch.

33

»Lass sie in Ruhe. Das geht dich nichts an«, versuchte Angelina ihren Mann zu beruhigen. Mit der Hand zeigte sie zur Toilette, um mir anzudeuten, dass ich ihr dorthin folgen sollte. »Was ist los?«

»Du hast es dir also überlegt?«

»Was? Was meinst du, Angelina?«

»Na, dass du und... Signore Ronaldo...«, sie kreuzte ihre Zeigefinger, was ich geradezu obszön fand: »Wo denkst du hin? Ich glaube, du spinnst!« Wütend verließ ich die Toilette und steuerte auf Mutti zu, die sich bereits angeregt mit Ronald unterhielt. Als sie mich sah, hielt sie inne, nickte mir zu und ließ mich Ronald freundlich begrüßen.

»Wollen wir noch etwas trinken, bevor wir fahren?«, fragte er.

Ich schüttelte den Kopf. Nur weg von hier, bevor Angelina irgendwelche Gerüchte in die Welt setzte. Ohne mich bei ihr oder Alessandro zu verabschieden, ging ich schnurstracks auf die Terrasse und sah mich nicht um.

Mutti hielt das wohl für einen schlechten Stil und entschuldigte mein Verhalten mit Migräne.

34

Im Auto erzählte ich Mutti nur ansatzweise, was sich Angelina geleistet hatte. Sie lachte:»Auf was für Ideen diese Sizilianer kommen! Praktisch denkend, sind sie ja. Aber für uns ist so ein Gedanke wirklich schlecht nachvollziehbar, das stimmt.«

»Du hast gut Lachen«, antwortete ich verärgert,»ich bin doch keine Schlampe! Wofür hält sie mich bloß? Außerdem ist Angelina gar keine Sizilianerin, sie ist Deutsche wie du und ich und stammt aus dem Ruhrgebiet!«

Was sollte ich mich weiter über Angelina ärgern, es hatte keinen Sinn. Also ließ ich es sein und konzentrierte mich auf meine Fahrt. Die war ernsthaft schwierig und ich war froh, dass wir uns an Ronalds Fersen heften konnten. Er war ein guter Anführer und fuhr nie zu schnell, damit wir uns nicht aus den Augen verloren.

Endlich hatten wir Ronalds Anwesen erreicht. Ehrlich, so ein prunkvolles Anwesen hatte ich noch nie gesehen! Höchstens in den Disneyfilmen.

Es stellte alles bisher Gesehene in den Schatten: Ein Park, den man in England nicht hätte schöner vorfinden können, und eine riesige Villa mit einer traumhaften Terrasse aus Marmor.

Wedelnd kam uns ein schwarzbrauner Mischlingshund entgegen. Er begrüßte zunächst sein Herrchen und ließ sich von ihm ausgiebig kraulen, ehe er zu uns kam. »Das ist Pepe. Plötzlich stand er vor meinem Tor und wollte bei mir einziehen. Seitdem gehört er zur Familie.«

Damit hatte Ronald bei mir gepunktet und ich konnte mir vorstellen, wie er Muttis Herz erobert hatte: mit seiner Tierliebe! »Wollt ihr auf der Terrasse Platz nehmen, ich hol euch gern etwas zu trinken? Was möchtest du haben, Sonja? Einen heißen Früchtetee? Und du, Anna?«

Als wäre es das Normalste von der Welt, hatte er mich jetzt zum ersten Mal geduzt. Gern hätte ich ihm dazu ein paar Takte gesagt, ließ es aber bleiben. Ich nickte und er bemerkte mit einem wirklich charmanten Lächeln: »Mutter und Tochter haben den gleichen Geschmack. Das passt.«

Während er im Haus verschwand, schaute ich mich ein wenig auf der Terrasse um: Überall standen kleine Schälchen mit Wasser gefüllt; sie waren wohl für die Tiere gedacht, die auf dem Gelände lebten.

Pepe hatte ein eigenes kleines Kuschelbett, das gut beschützt unter einem wasserdichten Baldachin für ihn bereit stand und in das er sich sofort nach unserer Begrüßung verzogen hatte. Lavendeltöpfe sorgten für den schönsten Duft der Welt.

Keine fünf Minuten später erschien Ronald und brachte uns den heißen Früchtetee. »Wollt ihr nicht lieber ins Haus kommen? Draußen ist es so kalt, und du, Anna, bist schließlich erkältet«, forderte er uns auf und wir folgten ihm.

Das Entree hätte genauso wie das ganze Anwesen Teil einer prächtigen Filmkulisse sein können. Wir betraten eine riesengroße Halle mit wertvollen Gemälden an der Wand und einer Treppe, wie ich sie aus dem Film »Vom Winde verweht« her kannte: groß, ja, bombastisch, mega.

Ronald führte uns in sein Wohnzimmer, das fast nur mit weißen Möbeln eingerichtet war.

Im Gegensatz dazu hatte er kraftvoll bunte Bilder an der Wand, die teilweise bis zu zwei Meter hoch waren, und in der Mitte stand ein großer schwarzer Flügel.

Wow, dachte ich, dagegen wohne ich in einer Hundehütte!

Ich versuchte cool zu bleiben, bedankte mich ehrlich für den Tee und ließ mich davon überzeugen, dass die leckeren Kuchenstücke auf dem Tablett des goldenen Servierwagens genau meinem Geschmack entsprachen. Beherzt griff ich zu und aß ein Ananastörtchen nach dem anderen.

Unser Gespräch verlief eher abgehackt. Zwar versuchte Ronald ein freundlicher und zuvorkommender Gastgeber zu sein, sein Geschwafel aber langweilte mich und so konzentrierte ich mich lieber auf Pepe, der anscheinend einen Narren an mir gefressen hatte. Ich streichelte und streichelte und streichelte ihn so lange, bis es seinem Herrchen zu viel wurde: »Jetzt reicht es. Anna hat bestimmt schon einen lahmen Arm!«

Nein, Anna hatte bestimmt noch keinen lahmen Arm, aber ich beließ es bei der Annahme und nutzte die Gelegenheit, um das Thema »Yasemin« anzusteuern.

»Wohnst du ganz alleine in diesem großen Haus?«, fragte ich scheinbar ahnungslos und duzte ihn genauso, wie er es getan hatte.

Während mir Mutti einen strengen Blick zuwarf, blieb Ronald locker. »Nein, um Gottes Willen, nein! Zum Glück wohnt die Tochter meines besten Freundes bei mir. Sie kümmert sich um den Haushalt, bis ich einen Ersatz gefunden habe. Kennst du jemanden, der gern für mich arbeiten würde?«

»Leider nein, aber ich werde mich gerne umhören.« Ich holte tief Luft.

»Warum will sie nicht weiter für dich arbeiten? Sizilien ist doch mega!«

Er schien noch nicht zu ahnen, worauf ich hinaus wollte. »Sie plant, im kommenden Jahr zu studieren und wird nach Deutschland zurückkehren. Willst du sie kennen lernen? Einen Moment, bitte.«

Ohne mich weiter zu beachten, stand er vom Sofa auf und rannte die Treppe hoch. Dort hörte ich ihn an eine Tür klopfen, ein paar Worte sagen, dann erschien er mit der Tochter seines besten Freundes bei uns im Wohnzimmer.

Diese junge Frau war so schön, dass ich mir nur sehr schwer vorstellen konnte, dass sie kein Verhältnis mit Ronald hatte. War der blind oder schwul?

Yasemin lächelte, während ich sie kritisch betrachtete: »Wir sind Freunde«, versicherte sie, ohne dass ich sie hierzu befragt hatte.

Ronald lachte erst, wurde dann ernst: »Ihr Vater, Manfred, und ich waren Schulfreunde. Wir haben alles zusammen gemacht, ich war sein Trauzeuge und wurde der Patenonkel von Yasemin. Als Manfred bei einem Flugzeugunglück starb, habe ich sie bei mir aufgenommen. Sie ist für mich wie eine Tochter. Bist du jetzt zufrieden, Anna?«

Nein, ich wollte Klarheit, wartete also, bis Yasemin in der Küche verschwunden war, um neuen Kaffee zu holen und fragte ihn direkt: »Hast du was mit ihr?»

Mutti fiel fast die Kuchengabel aus der Hand. Sie sah mich geschockt an. »Aber Anna...«

Ronald, ganz cool, grinste: »Nein, hab ich nicht. Willst du das schriftlich? Mit Unterschrift und so? Warte, ich rufe sie. Yasemin, kommst du bitte und bringst einen Stift und Papier mit?«

Am liebsten wäre ich im Erdboden versunken, so sehr schämte ich mich. Mutti guckte mich nicht an, ich sie auch nicht.

Als Yasemin erschien, hatte sie beides in der Hand und übergab Ronald tatsächlich Stift und Papier. Der bedankte sich und Yasemin verschwand mit einem »Servus, hat mich gefreut!« wieder in den ersten Stock. »Ist schon gut«, sagte ich kleinlaut.

Ronald ließ nicht locker: »Willst du noch mehr von mir wissen?« Ich schwieg, wir schwiegen alle.

Bis mir die Frage einfiel, die mir so sehr auf der Seele brannte: »Doch, ich möchte noch etwas wissen. Bitte sei ehrlich, es ist wichtig: Warum willst du das Restaurant von Angelina und Alessandro kaufen und ihnen die Existenz nehmen? Sie haben dir doch gar nichts getan! Jetzt haben sie Angst, dass sie alles verlieren!?«

»Weil ich das Restaurant für das beste Ristorante auf Sizilien halte und möchte, dass Angelina und Alessandro keine finanziellen Sorgen mehr haben«, erklärte er zu meinem Erstaunen. »Ich habe so viel Geld und möchte es teilen mit den Menschen, die mir wichtig sind.«

»Und Angelina und Alessandro sind dir so wichtig? Du kennst sie doch gar nicht!«

»Doch, ich habe mich ein bisschen umgehört. Sie haben finanzielle Probleme, und von denen will ich sie befreien. Ich will den Sizilianern, die in der Vergangenheit so viel Leid erfahren mussten, ein bisschen helfen, und das geht am besten mit Geld!«

Ehrlich gesagt, gefiel mir seine Antwort. Stimmte sie aber? »Dann kannst du ja die Kosten für die Silvesterparty bei Alessandro und Angelina übernehmen«, schlug ich ihm vor und wagte nicht in Muttis Gesicht zu sehen, das garantiert puterrot vor Wut war. »Jetzt reicht´s!«, rief sie plötzlich und sah mich bitterböse an. »Warum denn? Anna, das ist wirklich eine gute Idee. Wer plant denn eine Silvesterparty?»

Eingehend schilderte ich Ronald, was sich Matteo, Merle und ich ausgedacht hatten. »Gut, dann sorgt ihr für die Gäste und ich zahle die Zeche, einverstanden?«

Lachend streckte er mir seine Hand entgegen und ich drückte sie. Ab jetzt waren wir auf dem Weg, Freunde zu werden.

Mutti erholte sich nur langsam von dem Schrecken, den ich ihr zugefügt hatte, war aber am Schluss ganz zufrieden mit meinem Benehmen. »Hast du etwas dagegen, wenn ich heute Nacht bei Ronald bleibe?«, fragte sie und nutzte meine gute Laune diplomatisch aus.

Ja, hätte ich gern gesagt, verkniff es mir aber und verließ das Haus ohne Murren. So schlecht war er gar nicht, dieser Ronald von Straaten.

35

Zu Hause fiel mir die Decke auf den Kopf. Ohne Merle und Mutti war das Leben nur halb so schön. Am nächsten Tag wollten wir unsere Rundreise machen, würde Merle das aber noch wollen, oder wäre ich für sie gestorben? Ich konnte in der Nacht kaum schlafen und hatte Fieber und Gliederschmerzen.

Komisch, warum wurde und wurde ich nicht gesund? Inzwischen hatte ich Tabletten en gros geschluckt, Unmengen an heißem Tee getrunken, mir Dutzende heiße Wärmflaschen gemacht und war immer warm eingepackt spazieren gegangen. Trotzdem gab es keine Besserung.

War ich etwa gar nicht krank, sondern fühlte mich lediglich schlecht, weil ich einsam war?

Um mir Klarheit zu verschaffen, ging ich am nächsten Tag den Gang nach Canossa und fuhr zu Matteo. Sein Wagen war weg, ich wollte wieder losfahren, als ich ihn aus dem Stall kommen sah. Er blieb stehen, sagte nichts, schaute mich nur an.

Eigentlich hatte ich Muffensausen zu ihm zu gehen, wusste aber, wenn ich jetzt losfuhr, war unsere Freundschaft am Ende!

Soweit wollte ich es nicht kommen lassen. Also näherte ich mich ihm ganz langsam. Mühsam begrüßte ich ihn, ohne ihn zu umarmen und zu küssen. Dann fragte ich nach Merle. »Willst du sie wieder beschimpfen?«

Nein, das wollte ich nicht! Stattdessen wollte ich das Kriegsbeil begraben. Das sagte ich Matteo und er zeigte sich versöhnlicher. Er bat mich in sein Haus.

Merle sei alleine nach Palermo zum Veterinäramt gefahren, erzählte er, sie wollte nicht auf mich warten. »Also machen wir keine Rundreise?!« Er zuckte mit den Schultern. »Dann kann ich ja gehen«, meinte ich traurig.

Plötzlich fiel mir ein, was ich mit Ronald besprochen hatte. Matteo war zwar nicht begeistert, als er von dessen Vorschlag hörte, erklärte sich dennoch bereit mitzumachen und möglichst viele Leute für die Silvesterparty zusammen zu trommeln.

Als ich gehen wollte und schon an meinem Wagen stand, erschien Merle auf dem Hof. Sie ging schnurstracks an mir vorbei, gab Matteo ein Küsschen und verschwand wortlos im Haus.

»Bist du verliebt?«, wollte ich von ihm wissen. Er nickte. Das wird kompliziert, dachte ich. Wieder wird er eine Katastrophe erleben, wieder wird es ihm das Herz zerreißen. Mensch, Merle, was hast du angestellt! Laut sprach ich meine Gedanken natürlich nicht aus, beschloss aber, ihm wenigstens ein paar Tage die Freude zu lassen und folgte Merle ins Haus, um mich bei ihr zu entschuldigen.

»Okay«, sagte sie nach einer Weile, »du änderst dich eben nie!« Ohne sich mit Vorwürfen aufzuhalten, schlug sie den nächsten Tag zur Rundreise vor. Ich stimmte zu, um lieb Kind zu machen und war froh, dass sie mir nicht mehr böse war.

Natürlich blieb sie bei Matteo über Nacht und ich musste den Hof alleine verlassen, was mir sehr schwer fiel.

Zu Hause fühlte ich mich leer und einsam und überlegte, wie lange es her war, seit ich Schmetterlinge im Bauch gehabt hatte!

Damals, bei Martin! Ja, da konnte ich manchmal kaum Luft holen vor Glück. Niemals hatte ich einen Mann so sehr geliebt wie ihn!

Schluss, ermahnte ich mich, vorbei ist vorbei! Jetzt ging es darum, meinen Lieben eine schöne Zeit auf Sizilien zu bereiten.

Aus Langeweile rief ich bei Angelina an und bekam sie direkt an den Apparat. Erst entschuldigte sie sich für ihren Ausraster auf der Damentoilette ihres Restaurants, »aber ich war zu verblüfft, dass ihr euch plötzlich mit dem Signore Ronaldo so gut versteht! Das kam mir spanisch vor!«

Ich erzählte ihr den Hintergrund und kam auf die Silvesterparty zu sprechen, die Ronald finanzieren wollte. »Dann können wir ja aus dem Vollen schöpfen«, freute sie sich.

Da sie so guter Laune war, sprach ich sie auf das Restaurant an und erzählte ihr, weshalb es Ronald kaufen wollte. »Bist du sicher, dass er die Wahrheit sagt?«, fragte sie mich. »Ja«, gab ich ihr mein Versprechen, »ich glaube ihm.«

»Wenn du uns also rätst, so einen Vertrag zu unterschreiben, werden wir das tun! Ich rede mit Alessandro. Er wird ja sagen, dafür sorge ich, wenn

Signore Ronaldo noch einmal so ein Schriftstück mitbringt!«

Okay, das wäre erledigt, jetzt konnte ich endlich schlafen gehen und abwarten, was noch auf mich zukäme. Bianco war froh, es sich am Fußende meines Bettes bequem zu machen und war längst eingeschlafen, als ich noch vor mich hin träumte.

Kurz vor Mitternacht rief Merle an. Es ginge ihr gut, sagte sie, die Schafe wären wohlauf und der Veterinär hatte ihr empfohlen, eine Praxis aufzumachen. Er würde sie dabei unterstützen, was ich, Anna, von dieser Idee hielte?

Ich fand sie super. »Warum nicht? Du fühlst dich doch wohl bei uns. Und Matteo...«

Weiter kam ich nicht. Merle reagierte knallhart: »Das sage ich dir ganz im Ernst: Misch dich nicht in meine Liebesdinge ein! Und nicht in die Liebesdinge von Matteo! Verstanden?«

»Nein«, antwortete ich eingeschüchtert, das würde ich niemals tun, dafür wären mir beide zu wichtig. Ob wir die Rundreise morgen wirklich starteten?

Ja, war ihre knappe Antwort, gegen neun stände sie auf der Matte. Damit war das Gespräch beendet.

36

Merle war superpünktlich, was längst nicht immer der Fall war. Als ich gerade ins Auto steigen wollte, hielt sie mich zurück:»Wo ist Mutti?«

»Bei Ronald«, antwortete ich möglichst cool.

Merle wunderte sich über meine Friedfertigkeit, ging ums Haus herum und schien dort zu telefonieren. Mit wem, das verriet sie mir nicht. Jedenfalls war sie gut gelaunt, als wir losfuhren.

Es wurde ein wunderschöner Tag und wir klapperten all die schönen Orte der Insel ab, die man gesehen haben musste. Am liebsten wäre Merle in Messina geblieben und hätte stundenlang den Schiffen zugesehen, die die kurze Strecke zum Festland überquerten.

Erst am Abend fuhren wir zurück und Merle ließ sich bei Matteo absetzen. Obwohl mir das gegen den Strich ging, gab ich mich geschlagen und erfüllte ihr den Wunsch.

Mutti saß zufrieden auf dem Sofa, als ich nach Hause kam, und ruhte sich aus.»Wieso bist du hier? Habt ihr euch gestritten?«, fragte ich sorgenvoll.

Natürlich nicht. Sie näherten sich immer mehr an, erfuhr ich, und dass ihr der Heimflug schwer fallen würde.

»Bei deinem nächsten Urlaub kannst du ihn ja wiedersehen«, versuchte ich sie zu trösten. »Außerdem kannst du dir überlegen, ob du nicht ganz zu mir in die Villa Griegenta ziehen willst. Ich würde mich so freuen.«

»Fang nicht schon wieder mit dem Thema an, so einfach ist das nicht!«, sagte sie ungehalten.

Okay, warum blieb sie aber nicht wieder über Nacht bei ihm?

»Weil er zu tun hat.« Mir fiel das »Problem Yasemin« ein und ich fragte ganz behutsam nach.

Mutti erkannte gleich, worauf ich hinaus wollte und winkte ab: »Nicht schon wieder! Nein, das siehst du ganz falsch. Sie ist die Tochter seines Freundes, sein Patenkind. Er hat sie aufgenommen und kümmert sich um sie, das ist alles.«

Glaub das, wer will, dachte ich, ich werde das nicht tun. Trotzdem schwieg ich.

Um keine schlechte Stimmung aufkommen zu lassen, schlug ich Mutti vor, eine leckere Fischmahlzeit zuzubereiten. Sie war sofort einverstanden und ließ sich von mir während des Kochens eingehend von der Rundreise mit Merle berichten. »Ich bin so froh, dass ihr euch wieder gut versteht!«

37

Silvestermorgen! Merle kam frühzeitig mit Matteos Wagen angefahren, um sich zu vergewissern, dass wir gemeinsam Silvester bei Alessandro und Angelina feiern würden.

»Klar«, sagte ich, »es sei denn, Ronald hat es sich anders überlegt. Aber das glaube ich nicht, oder Mutti?«

Meine Mutter verstand den Seitenhieb: »Ich werde ihn nachher fragen.«

Als ich wissen wollte, wann ihre Maschine Neujahr abfliegen würde, gaben mir weder Merle noch Mutti hinreichend Auskunft. Sie müssten erst nachschauen, das wüssten sie nicht, sagten sie nur lapidar. Ich glaubte ihnen nicht.

Dann erhielt Mutti einen »wichtigen« Anruf und wurde kurze Zeit später von Ronald abgeholt. »Warum kommt er nicht ins Haus?«, fragte Merle und lachte. »Er braucht sich doch vor uns nicht verstecken! Wir sind ein lockerer Frauenverein, der den Männern ganz gewiss nichts antut! Also, her mit dem Herrn!«

Diese Vorstellung fand ich irgendwie witzig, zog es aber vor, mich in keinster Weise zu Ronald zu äußern, sondern Mutti ihr Glück zu gönnen. Sie huschte wie eine frisch Verliebte in ihren High-Heels über den Boden, hin zu ihrem Ronald, der es anscheinend gar nicht erwarten konnte, Mutti wieder in die Arme zu nehmen. Wir sahen ihr dabei zu und winkten ihr fröhlich zum Abschied hinterher.

Merle und ich unterhielten uns anschließend den ganzen Vormittag, diesmal sogar ohne uns zu streiten. Sie erzählte mir von ihrer Liebe zu Matteo, und dass sie gemeinsame Pläne schmiedeten. Dann fragte sie, wie ich mich als Single fühlen würde.

Ich überlegte, ob es besser war, die Wahrheit zu sagen oder sie zu verschweigen, entschied mich aber für das Erstere, schließlich war sie meine beste Freundin.

Zärtlich legte sie ihren Arm um mich: »Du wirst dein Glück finden, warte es ab.«

Ehrlich gesagt, glaubte ich ihr kein Wort, wollte aber nicht miesepetrig sein und versuchte deshalb fröhlich zu wirken.

Als sich Merle verabschiedete, war ich echt betrübt. Um meine Erkältung doch noch in den Griff zu bekommen, ging ich mit Bianco in die Felder.

Vielleicht sollte ich mit Meditieren anfangen, überlegte ich. Die asiatischen Entspannungsmethoden sollten mehr Ruhe und Gelassenheit bringen.

Ich machte Zukunftspläne: Heute Nacht würde ein neues Jahr beginnen. Was gab es Besseres als Pläne zu schmieden und neue Vorsätze zu formulieren? Ich war sicher: Ich würde einen Zehn-Punkte-Plan ausarbeiten, durch den mein Leben noch besser würde. Ab morgen würde ich dafür nach Meditationsbüchern googeln und bei You Tube nach Anleitungen und neuen Ideen suchen.

38

Als ich heimkam, saßen Mutti und Merle im Wohnzimmer und schienen miteinander zu tuscheln. Über was sie redeten, erfuhr ich nicht.

»Habt ihr irgendwelche Geheimnisse?«, fragte ich verwundert, zumal ich Merle bei Matteo vermutet hatte. Beide verneinten entschieden.

Zu entschieden? Komisch, dachte ich, die benehmen sich wie Teenager.

»Warum musstest du heute so schnell zu Ronald?«, fragte ich Mutti. Sie zeigte mir ihren rechten Mittelfinger. Da funkelte ein riesengroßer Diamantring!

»Wow! Nicht schlecht!«, rief Merle entzückt. »Den hat sich der Herr aber was kosten lassen!«

»Lass deine Sprüche!« Mutti war verärgert, als sie Merle so reden hörte. Die entschuldigte sich sogleich für ihr lockeres Mundwerk. »Es ist ihm also ernst?«, fragte ich Mutti.

»Was denkst du denn? Hast wohl keinen blassen Schimmer mehr von dem, was sich die Kerle ausdenken, wenn sie eine Frau erobern wollen!«, schimpfte Merle, was ich echt frech fand. »Aber du! Du Superweib!«, hielt ich dagegen.

Mutti, die den Familienfrieden schon wieder in Gefahr sah, ging dazwischen: »Wenn ihr jetzt nicht aufhört, gehe ich und komme nicht wieder! Das ist mein Ernst!«

Wie so oft, vertrugen sich Merle und ich wieder und erklärten meiner Mutter lang und breit, dass unsere Freundschaft niemals in Gefahr war. »Wir sind halt grundverschieden und haben uns trotzdem lieb!«, brachte es Merle auf den Punkt.

Obwohl Merle und Mutti eigentlich zu ihren Männern fahren wollten, bat ich sie bei mir zu bleiben und den letzten Tag gemeinsam zu genießen.

Endlich stimmten sie meinem Vorschlag zu und informierten Matteo und Ronald von unserem Plan. Gemeinsam gingen wir mit Bianco spazieren, kochten zusammen, spülten das Geschirr ab, redeten und redeten und schauten uns am Nachmittag noch eine dieser unsinnigen Musiksendungen an.

»Hast du Mutti schon von der Praxis erzählt?«, fragte mich Merle plötzlich. Ich verneinte. Warum auch? Ich hielt das für einen ihrer Spleens und hatte ihr Gerede nicht wirklich für voll genommen.

In aller Bandbreite erzählte Merle, dass sie nicht nur wegen Matteos Schafen beim Veterinäramt in Palermo gewesen wäre, sondern auch, um sich kundig zu machen, wie man sich hier als deutsche Tierärztin mit einer eigenen Praxis niederlassen konnte. »Das ist gar nicht schwer«, hatte sie festgestellt, »ich muss mir mein Examen bestätigen und es übersetzen lassen und dann noch Kleinigkeiten erledigen, schon kann es losgehen.«

Mutti fand diese Idee super und wollte gleich wissen, für welche Stadt sich Merle entschieden hätte, aber sie hielt sich noch bedeckt.

»Schaun wir mal«, meinte Merle, »zur Not muss Matteo noch ein Haus anbauen. Platz genug haben wir ja! Jetzt ziehen wir erst mal so schnell wie möglich zusammen!« Ich war baff. «Wirklich?«

Merle war noch nicht am Ende: »Im Ernst. Ich liebe ihn und er liebt mich! Egal, ob dir das gefällt oder nicht. Wir gehören zusammen!«

So ernst hatte ich sie noch nie in Liebesdingen reden hören. »Herzlichen Glückwunsch«, sagte ich monoton. Obwohl ich mich für sie und Matteo freute, spürte ich einen Kloß im Hals und hätte am liebsten losgeheult. Merle bemerkte das und wollte mich trösten: »Süße, warte es ab, auch du findest dein Glück!«

Mutti hatte still zugehört und nickte mir zu: »Manchmal kommt das Glück schneller, als man denkt!« Ich glaubte ihr nicht und war sicher, dass sie mich nur trösten wollte.

Ich war zwiegespalten. Zum einen freute ich mich über Merles Vorhaben, zum anderen machte es mich traurig, weil ich Matteo dann endgültig verloren hatte.

Nun gut, ich hatte schließlich auch was davon, denn bald wären meine zwei besten Freunde immer ganz in meiner Nähe.

Silvester! Eigentlich hatten wir alle gemeinsam zu Alessandros und Angelinas Party fahren wollen, plötzlich aber machte Merle einen Rückzieher und entschied sich für eine andere Variante: »Ich gehe jetzt zu Matteo. Wir fahren dann gemeinsam zum Ristorante."

Überrascht sahen sich Mutti und ich an, schwiegen aber und waren uns einig, dass wir noch ein bisschen vorschlafen wollten, bevor es in die Stadt ging.

39

Als wir kurz vor Mitternacht das Restaurant erreichten, feierten an die 100 Leute bestgelaunt, viele waren schon ganz schön angetüddelt. Merle, Matteo und Ronald warteten am Eingang und begrüßten uns herzlich, einen Tisch hatten sie uns auf der beheizten Terrasse reserviert, damit wir um zwölf Uhr von dort aus das Feuerwerk beobachten konnten.

Was für eine Eintracht, dachte ich, sogar Matteo machte jetzt in Freundschaft, und ich hatte geglaubt, er mochte Ronald nicht!

Während sich die anderen hinsetzten, verschwand ich in der Küche. Dort waren Alessandro und Angelina tüchtig am Arbeiten. Als sie mich sahen, umarmten sie mich glücklich und zeigten auf die Gästeschar: »Wie habt ihr das nur geschafft?«

»Das war Matteo.«

»Hast du mit Alessandro gesprochen?«, fragte ich Angelina, als dieser gerade in der Kühlkammer war, um frisches Fleisch zu holen.

Sie nickte. »Hab ich. Wir machen den Vertrag und haben nächste Woche einen Termin mit Signore Ronaldo!«

Ich umarmte sie und flüsterte: »Gut so! Soll ich dabei sein?« Sie nickte, konnte aber nicht mehr weiterreden, weil Alessandro wieder in der Cucina erschien und jetzt mit den Töpfen hantierte.

Ich ging ein bisschen zwischen den vielen Gästen umher, begrüßte den einen und den anderen, alle waren happy.

Plötzlich rief mich Merle zu sich. »Entschuldigt, wenn Merle pfeift, muss man gehen!«, sagte ich augenzwinkernd und ging zu meiner Freundin. »Was ist los? Hast du Krach mit Matteo?«

»Komm mit.« Sie zog mich auf die Promenade. Dort brauchte sie echt gar nichts mehr zu sagen. Null! Ich verstand sofort.

40

Ganz in Schwarz gekleidet, stand er da. Mit einem großen Rosenstrauß in der Hand. Martin! »Was soll das?«, fauchte ich Merle an und wandte mich zum Gehen.

»Bleib«, bat sie mich, »hör zu, was er dir zu sagen hat.«

»Verschwinde! Verschwinde aus meinem Leben!«, giftete ich Martin an. Doch der rührte sich nicht vom Fleck, sondern sah mich nur schweigend an.

Merle hielt mich fest: »Wenn du jetzt gehst, siehst du ihn nie wieder! Das wirst du eines Tages bereuen!«

Pah, was glaubte sie eigentlich? Dieser Mistkerl hatte in meinem Leben nichts mehr zu suchen!

Okay, dann wollte ich ihm zeigen, wie stark ich geworden war, sollte er doch zu Kreuze kriechen! Ja, ich würde ihn demütigen und klein machen, das wäre mir eine Freude!

»Also gut«, sagte ich gnädig, »fünf Minuten, mehr nicht!« Ich drehte mich wieder zu ihm um und wartete darauf, dass mir Martin entgegenkam.

Das machte er wirklich. Ein Meter vor mir blieb er stehen. »Danke«, sagte er leise, »dass du mich anhörst.« Nervös schaute er Merle hinterher, die sich aus dem Staub gemacht hatte.

»Was willst du?«, fragte ich so streng, als stände er jetzt vor dem Kadi.

»Ich will dir sagen, dass ich dich liebe«, flüsterte er so unsicher wie ein Schüler, den man beim Abschreiben erwischt hatte.

»Darum gehst du mit jeder Schlampe ins Bett?«, rief ich.

»Nein, ich bin endlich erwachsen geworden. Ich will mich bei dir entschuldigen.«

»Brauchst du nicht. War´s das jetzt?« Mutig zeigte ich ihm die kalte Schulter.

»Warte. Die Rosen sind für dich.«

»Warum?«

»Weil ich mit dir glücklich sein durfte.« Er hielt mir die Rosen hin, aber ich nahm sie nicht.

Ich schaute ihm in die blauen Augen und erkannte, dass ich ihn tief verletzt hatte. Das gefiel mir.

Also konnte ich mich getrost herumdrehen und gehen. Genau das tat ich und ließ ihn mit seinen Rosen stehen.

Als ich wieder ins Restaurant kam, stürzte sich Merle sofort auf mich. Doch als sie mich alleine und ohne Martin und die Rosen sah, verließ sie mich und ließ sich die nächste Zeit nicht mehr blicken.

Erst um Mitternacht kam sie gemeinsam mit Matteo zu mir und beide gaben mir ein Küsschen und wünschten mir alles Gute.

Auch Mutti und Ronaldo waren bald darauf bei mir und wir feierten noch ein wenig, ehe Merle, Mutti und ich alleine und ohne Männer nach Hause fuhren.

Es herrschte eine traurige, eisige Stimmung und jeder war mit sich selbst beschäftigt. Ende, aus, eine Zeit mit vielen Höhen und Tiefen war vorbei. Forever.

41

Am nächsten Morgen hatten wir kaum Zeit zum Reden, sondern mussten uns schnell fertig machen. Auf der Fahrt zum Airport sprachen wir kein Wort. Merle simste die ganze Zeit – wahrscheinlich mit ihrem Matteo, Mutti schaute alle paar Minuten verschämt auf ihr Smartphone und steckte es hinterher wieder in ihre Handtasche, ohne einen Ton darüber zu verlieren.

Auf dem Flughafen war die Maschine aus Deutschland längst gelandet, am Boardingschalter hatten sich zahlreiche Fluggäste versammelt, das Einchecken des Gepäcks verlief für Merle und meine Mutter schnell und komplikationslos.

Plötzlich erklärte Merle, unbedingt zur Toilette zu müssen. »Du kannst doch im Flugzeug gehen«, meinte ich genervt, »lass uns die letzten paar Minuten zusammen sein. Willst du einen Espresso?« Wie immer, ließ sich Merle nichts ausreden. Wir ließen sie also gehen und setzten uns an einen Tisch.

Endlose Minuten vergingen: »Wer weiß, ob sie nicht wieder zurück zu unserem Matteo gefahren ist«, unkte ich und schaute mich um:

Da sah ich sie! Matteo mit Merle, Arm in Arm, Merle mit einem großen Blumenstrauß in der Hand. Gleich daneben: Ronald! Auch mit einem großen Blumenstrauß in der Hand!

Alle drei kamen mit Riesenschritten auf uns zu. Mutti und ich waren aufgestanden, Ronald umarmte sofort meine Mutter und küsste sie sanft auf die Wangen: »Komm schnell wieder, Sonja. Ich denk an dich«, flüsterte er ihr zu, ganz leise, aber ich hatte das gehört und gemerkt, wie mir die Tränen kamen.

Es war so wunderschön, so herzergreifend schön, und doch so traurig zugleich.

Alle vier, Merle und Matteo, Mutti und Ronald, sagten kein Wort, sondern hielten sich ganz fest im Arm.

Und ich? Ich war unendlich traurig, dass sie mich nun verlassen würden. Obwohl sie bald wiederkommen wollten, fühlte ich mich total einsam.

Gut, ich würde Matteo weiterhin oft sehen und er bliebe mein bester Freund! Mit Ronald könnte ich mich sogar anfreunden! Aber sonst? Ich hatte niemanden, der mich in den Arm nahm und mir seine Liebe zuflüsterte.

»Los. Wir müssen gehen, es wird Zeit!« Mutti fand als erste ihre Fassung zurück und verabschiedete sich von Ronald, wobei ich spürte, dass ihr die Trennung genauso weh tat wie ihm. War es also wirklich Liebe?

Merle und Matteo waren zwar auch traurig, doch Merle ließ keine Tränen zu: »Bye, ciao, wir kommen schnell wieder. Pass auf die Schafe auf, Schatz. Te amo!« Eine kurze Umarmung noch, dann schubste sie Mutti zum Schalter und verschwand winkend.

»Was machen wir jetzt?«, fragte Ronald und ich merkte, dass seine Stimme sonderbar belegt klang. Also waren seine Gefühle nicht gespielt!

»Wir fahren nach Hause. Ich möchte alleine sein«, sagte ich traurig.

Ronald nickte. »Wenn du«, er sah mich liebevoll an, »etwas auf dem Herzen hast, ruf mich bitte an. Deine Mutter hat meine Telefonnummer. Ich werde immer für dich da sein. Bald wird sie wiederkommen und bei uns sein, das hat sie mir versprochen.«

»Ich bin auch für dich da, liebste Anna«, schluchzte Matteo. Dann meinte er unter Tränen: »Ich soll dir noch etwas von Merle ausrichten.«

Kurze Pause. Dann: »An deinem Auto findest du noch eine Überraschung!«

Eine Überraschung? »Was meinst du damit?«, fragte ich ihn. Matteo schwieg und ging mit Ronald einen anderen Weg. »Ciao, pass auf dich auf und melde dich.«

Auf Überraschungen hatte ich überhaupt keinen Bock, trösten konnten mich seine Worte auch nicht. Trotzdem war ich gespannt, was sich meine beste Freundin für mich ausgedacht hatte und verließ das Flughafengebäude in Gedanken.

Was mich am Parkplatz erwartete, überraschte mich dann wirklich. Wer kauerte direkt neben der Fahrertür?

Martin! Ausgerechnet Martin!

Dieser Schurke, dieser Fremdgänger, dieser Mistkerl, den ich gestern so gemein abserviert hatte! Würde ich den denn niemals los?

»Nein«, er schüttelte den Kopf, »mich wirst du nicht mehr los«, sagte er und schaute mir in die Augen. »Wenn man liebt, gibt es keine Grenzen und kein Zurück. Dann zählt nur die Liebe!«

Ich sah ihn fragend an. Stimmte das? Konnte Liebe so stark sein, dass sie selbst die gemeinsten Situationen überstand?

Ja, kam ich zu dem Schluss. Genauso ist es, Liebe ist da, oder sie ist nicht da.

Während ich ihn anschaute, wusste ich plötzlich genau, was und wen ich wollte: »Ich liebe dich. Auf dich habe ich immer gewartet! Lass uns nach Hause fahren.«

Ich nahm ihn bei der Hand, kramte meinen Autoschlüssel hervor und machte ihm die Beifahrertür auf.

Mit Tränen in den Augen bat ich ihn hinein, doch er nahm mir den Schlüssel ab, überließ mir den Beifahrersitz und setzte sich selbst ans Steuer: »Ich kenn dich. Wenn ich nicht aufpasse, landen wir noch im Graben.«

Ich ließ es geschehen und wusste, neben mir saß der Mann, den ich immer geliebt und weshalb kein anderer bei mir jemals eine Chance gehabt hatte.

Beim ersten Mal hatte es schon Klick gemacht, und heute hatte es wieder Klick gemacht.

»Halt bitte an«, bat ich ihn mitten auf der Autostrada. Er stoppte sofort.

Ich löste meinen Gurt und begann ihn zu küssen. So leidenschaftlich und heiß, wie ich es nie zuvor gemacht hatte.

»Puh! Lass mir Luft«, keuchte er und ich ließ ihn erst frei, nachdem er mir eine heiße Nacht versprochen hatte.

42

Als ich am nächsten Morgen in seinen Armen wach wurde und seinen ruhigen Atem neben mir spürte, nahm ich als Erstes mein Handy in die Hand und simste Merle: »Gut gemacht! Grazie mille, B.F.!«

Und zu Oma im Himmel flüsterte ich ganz leise: »Danke, grazie nonna!«